KB143263

행복한 삶 즐거운 삶

행복한 삶 즐거운 삶

지은이 _ 전상준

초판 발행 _ 2014년 2월 20일

펴낸곳 _ 수필미학사
펴낸이 _ 신중현

등록번호 _ 제25100-2013-000025호
등록일자 _ 2013. 9. 2.

대구광역시 달서구 문화회관11안길 22-1(장동) 출판산업단지 9B 7L
전화 _ (053) 554-3431, 3432 팩시밀리 _ (053) 554-3433
홈페이지 _ http://www.학이사.kr
이메일 _ hes3431@naver.com

ISBN _ 979-11-85616-05-6 03810

※ 수필미학사는 도서출판 학이사의 수필 전문 자매회사입니다.

행복한 삶 즐거운 삶

전상준 수필집

수필미학사

■ 책을 엮으며

행복이란 '현재의 괴로움을 참으면서 기다려야 하는 신기루'다. 행복이란 '성공의 결과물이 아니라 성공을 이끌어내는 원동력'이다. 어느 책에서 본 말이다.

첫 수필집 표제를 '행복한 삶 아름다운 삶' 이라 했다. 어떻게 사는 것이 행복한 삶이고 아름다운 삶인지도 모르면서 욕심을 부렸다. 나는 다시 '행복한 삶 즐거운 삶' 이란 표제를 붙였다. 아직도 행복한 삶이 어떤 것인지 모른다. 또 어떻게 사는 것이 즐거운 삶인 줄도 모르면서 한 번 더 만용을 부린다.

'무지개를 보려면 비를 맞아야 하고, 서리가 알곡을 만드는 법' 이란다. 어려움 없는 행복이 있을 수 없고 기다림 없이는 즐거움도 없다.

'새는 하늘이 있어 날개를 퍼덕이고, 꽃은 바람이 있어 향기를 피운다' 고 한다. 새가 날기 위해서는 반드시 날아야 할 공간이 있어야 한다. 아무리 좋은 꽃향기도 바람이 없으면 멈춰 있을 뿐이다.

들꽃은 빛을 찾아 옮겨 다니지 않는다. 모든 때가 지금이고, 모든 곳이 여기다. 오늘도 행복하고 아름답고 즐거운 삶을 만들기 위해 겸손을 배운다.

2014. 2.

행복한 사람 **전상준**

■ 차례

제2부 / 다랑논

제3부 / 공空 그리고 무無

제4부 / 구겨진 구두

1 부
그래 기다리자

팔공산 봄 편지

팔공산에 봄 편지가 왔단다. 생태학교실 '참나무처럼' 에서 '가산산성' 으로 편지를 읽으러 갔다. 지난해의 잎을 가지 끝에 달고 있는 참나무가 바람에 마른 소리를 낸다. 활엽수 앙상한 가지에 푸른 기운이 스며든다.

초입에서 만난 버드나무가 버들개지를 달고 있다. 추위를 이기기 위해 하얀 털을 소복이 덮어 썼다. 시골에서는 버들강아지라 불렀다. 종이 위에 놓고 입으로 '오요요' 하고 부르면 앞으로 솔솔 기어온다. 어릴 적에 버들강아지가 입까지 빨리 오는 놀이를 하며 희망의 봄을 맞았다.

버드나무 옆 계곡에 크고 둥글둥글한 돌이 무더기로 쌓여 있다. 암괴류다. 아주 옛날 큰 바위 덩어리가 풍화·결빙·결로 등에 의해 갈라졌다. 갈라진 돌이 다시 오랜 세월 비·바람·물에 의해 둥글게 다듬어져 여기저기 나뒹굴다 융기현상에 낮은 곳으로 굴러 모였다.

아름이나 되는 둥근 돌이 몸을 맞대고 서로 의지하고 있다. 그 위로 아지랑이가 피어난다. 물 흐르는 소리가 돌 틈 사이에서 졸졸졸 들린다. 청명하다. 봄을 준비하는 수목에 물을 주느라 부지런을 피우고 있다.

응달에는 잔설이 있는데도 양달쪽 나무는 잎눈을 부풀린다. 박석이 깔린 산길을 땀 흘리며 걷는다. 신갈나무 무리와 졸참나무가 우거진 곳을 지난다. 암괴류 계곡의 언저리에 선 커다란 느티나무와 오리나무가 붕아[1] 를 형성하고 있다. 천근성[2]으로 나무가 커질수록 지탱할 힘을 얻기 위해서다. 골짜기의 나무들이 온 힘을 다해 돌이 못 굴러가게 막고 있다.

산성의 동문이 가까워지면서 습기 품은 땅에 낙엽이 지천이다. 양지쪽 작은 분지에 황금색 노란 꽃이 있다. 갑자기 주

---

1) 붕아(朋芽) : 나무의 밑둥치에 여러 개의 줄기가 뭉쳐난 모양
2) 천근성(淺根性) : 나무의 뿌리가 지표면 가까이 뻗는 성질

위가 환하다. '복수초' 다. 처음 한두 포기 보이던 꽃이 더 깊이 들어갈수록 대여섯 포기씩 무리지어 웃고 있다. 복수초는 지표 온도에 따라 꽃잎이 아침부터 서서히 펼쳐지기 시작해 정오를 전후해 만개한다. 저녁 무렵 햇살이 엷어져 온도가 낮아지면 오므린다. 활짝 핀 모습이 황홀하다. 팔공산 봄 편지의 절정 부분을 읽는다.

복수초의 꽃을 좇아 사람들이 몰려다닌다. 자기가 본 꽃이 제일 아름답다고 환호하며 봄 편지 읽기에 바쁘다. 오래 간직하고 싶어 카메라를 들이댄다. 예쁘게 찍겠다고 자리다툼이 심하다. 불안하다. 낙엽 속에서 꽃 필 준비하는 순을 밟을까 두렵다. 제발 가까이 오지 말고 멀리서 구경만 하라는 복수초의 애원하는 소리가 환청으로 들린다.

복수초는 인간에게 아름답게 보일 생각도 사진에 예쁘게 찍힐 뜻도 없다. 그저 벌이나 나비가 찾아와 수분시켜주기를 기다리며 따뜻한 봄볕 속에 얼굴 가득 웃고 있다. 복수초가 팔공산 봄 편지 내용을 정확하게 읽어 달란다. '주위를 잘 살펴 주세요. 꽃 필 준비하는 친구들을 다치게 하지 마세요.'

"이런 곳에는 목도[3]가 필요합니다." 생태학 교실을 운영하는 김 교수의 말이다. 그렇다. 목도가 있다면 복수초와 찾아오는 사람이 상생할 수 있겠다. 아직 꽃 피우지 못한 어린 싹도 보호하고 꽃 가까이 다가가 마음껏 감상하며 사진도 편하게 찍을 수 있다.

복수초, 볼수록 아름답고 정겨운 꽃이다. 지난겨울의 혹독한 추위를 이겨내고 제일 먼저 노란 웃음으로 봄소식을 전한다. 이 정도 자태라면 사람의 호기심을 충분히 살 수 있다. 앞으로도 복수초의 봄 편지 읽을 이를 위한 배려가 필요하다. 목도가 아쉽다.♡

〈2011. 6.〉

3) 목도(木道) : 마루처럼 지면에 적당한 높이로 바닥을 나무판자로 깔아 만든 길

나는 정직한가

정직하다. 착하다. 학교 다닐 때 선생님이나 친구들이 내게 자주 한 말이다. 요즈음도 가끔 지인들의 모임이나 동창회 등에서 듣는다. 학교 다닐 때는 아무런 거부감이 없었으나 지금은 생경한 느낌이다. 내가 나를 판단할 때 턱없는 말이다.

지금껏 살아오면서 내 행동이나 생활을 많이 구속한 말이다. 청소년기에 친구들이 가설극장의 포장을 몰래 들추고 들어가거나, 수박이나 참외 서리를 했다며 재미있게 이야기할 때 언제나 이방인이었다. 한겨울 밤 무료함을 달래려고 동무네 집 고구마나 무를 가져오거나, 간 크게 이웃 동네 닭을 잡아 와 먹었다는 무용담을 할 때면 내 눈은 왕방울만큼 커졌다. 친구들의 스릴 넘치고 재미있다는 놀이에는 어울리지 못했다. 그들이 떼로 몰려다니며 즐기고 있을 때 나는 언제나 혼자였다. 마음속에 갈등을 안고 함께 하지 못한 용기 없고 겁 많은 아이로 놀림을 받기도 했다. 거기에는 아버지의 엄함과 어머니의 인자함이 발목을 잡고 있었다.

이순이 지난 나이에 '정직하다' '착하다' 란 말의 뜻이라도 알고 싶다. 국립국어원 표준국어대사전을 펼쳤다. '정직' 은 마음에 거짓이나 꾸밈이 없이 바르고 곧음. '정직하다' 는 '마음에 거짓이나 꾸밈이 없이 바르고 곧다.' 로 풀이되어 있다. '정직한 사람 / 정직한 행동 / 정직한 마음 / 정직하게 살다.' 등으로 활용된다. '착하다' 는 '언행이나 마음씨가 곱고 바르며 상냥하다.' 고 풀이해 놓았다.

'마음', '거짓' 이란 말의 뜻도 찾아봤다. '마음' 은 사람이 본래부터 지닌 성격이나 품성. 사람이 다른 사람이나 사물에 대하여 감정이나 의지, 생각 따위를 느끼거나 일으키는 작용이나 태도. 사람의 생각 · 감정 · 기억 따위가 생기거나 자리 잡는 공간이나 위치. 사람이 어떤 일에 대하여 가지는 관심. '거짓' 은 사실과 어긋난 것. 또는 사실이 아닌 것을 사실처럼 꾸민 것이란다. 반대말이 '참' 이다. '참' 은 사실이나 이치에 조금도 어긋남이 없는 것이란다. 평소에 자연스럽게 쓰는 말인데도 깊이 생각하니 어렵다.

집에 혼기가 넘도록 시집을 오겠다는 여자도, 데려가겠다는 남자도 없는 '노' 자가 붙은 아들과 딸이 있다. 아내는 늘 '정직하다. 착하다' 는 타령만 한다. 요즈음은 이 말이 세상을 지혜롭게 살아가는 가치 척도가 되지 못한다고 했다. 아내는 아니란다. 그래도 당신이 정직하고 착하게 살았기 때문에 지금 우리 가정이 이 정도라도 유지되고 있단다. 참 듣기 싫은 소리다. 내 삶에서 멋을 앗아 갔고, 내 마음대로란 자유를 밧줄로 꽁꽁 묶어 버린 말이다. 그래도 내 반쪽이 아직 신념처럼 그 말을 믿고 있음이 참으로 신기하다.

어제도 모 모임에 갔다가 '정직하다, 착하다.' 하는 말을 들었다. 이 말을 듣는 순간 논의되고 있는 화제가 마음에 들지 않아 부글부글 끓고 있던 속이 갑자기 진정되면서 아랫입술을 지그시 물었다. 마약처럼 평생을 따라다니는 말. 내 삶에 행복이란 잣대를 대었을 때 얼마나 긍정적으로 작용했을까. 앞으로의 삶에 '개성' 이란 말을 가치판단의 기준으로 삼을 때 가고자 하는 길에 도움이 될까 방해가 될까.

사람은 태어날 때부터 주어진 그릇이 있다. 돈도 명예도 행복도 불행도 그릇에 알맞게 채워야 한다. 욕심을 부려 많이 채우면 넘치고 능력이 없어 채우지를 못하며 빈 그릇으로 남는다. 나는 내 그릇에 조물주가 준 것을 어느 정도 채웠을까.

앞으로 얼마나 더 채워야 할까. 눈에 보이지 않고, 손으로 만질 수 없으니 답답하다.

그래도 아이들의 혼사 문제나 내 남은 삶에 '정직하다, 착하다.'는 말에서 벗어날 수 있다는 생각이 들지 않는다. 이는 내 천성이 순해서도 아니고 아이들이 나를 닮아서도 아니다. 흔히 말하는 '지나온 대로 살아라' 하는 평범한 말을 믿고 싶기 때문이다. 조물주가 내게 준 그릇에 아직 덜 채워진 것이 있으면 능력껏 담을 것이고, 벌써 다 찼다면 더 채우겠다고 애쓰지 않을 작정이다.

하늘을 본다. 마음이 편안하다.♡

〈2013. 4.〉

그래, 기다리자

수목원이다. 만발한 벚꽃이 연분홍 웃음으로 나를 맞이한다. 화창한 봄날이다. 여기저기 지각한 동백이 붉은 꽃을 달고 있고 개나리꽃도 피었다. 다사롭게 솔솔 부는 봄바람에 살랑대는 수양버들 가지 끝에도 연초록 물이 들고 있다.

초등학교 이 학년 일곱 명을 맡았다. 늘 해오는 일이지만 언제나 새롭다. 때 묻지 않은 동심과 함께 이것저것 꽃 이야기도 하고 나무 이야기도 한다. 오늘따라 아이들은 내 이야기에 별로 관심이 없다. 옆에 있는 동무 옆구리를 툭툭 건드리며 장난이다. 겨우내 웅크리고 있던 아이들이 봄을 맞아 수목원에 오니 기분이 좋은가 보다. 말을 듣지 않아 지도하기가 어렵다. 덩치가 조막만 한 아이가 자기보다 훨씬 더 큰 아이를 때려 울린다. 가만히 있는 동무를 괴롭히면 벌을 주겠다는 말이 떨어지기도 전에 자기는 때린 적이 없단다. 방금 내가 봤다고 하니 "아, 내가 때린 게 아니고 장난을 했잖아요." 하며 대수롭지 않은 일이란 듯 생글거리며 웃는다. 한 아이는 울고 한 아이는 웃고 판단이 서지 않는다.

숲 속 양지쪽에 광대나물이 무리 지어 붉은 자주색 꽃을 피웠다. 깨끗하고 맑고 곱다. 방금 동무를 때려 울린 아이에게 꽃 이름을 아느냐고 물으니 모른단다. 다시 "꽃이 참 예쁘지." 하니 반사적으로 나온 대답은 "저게 뭐가 예쁜데요?" 하더니 쏜살같이 들어가 발로 짓밟아 뭉갠다. 말릴 사이도 없다. 순간 나는 푸른 하늘만 멍하니 쳐다본다.

노인일자리사업단 '숲생태해설가'로 참여하고 있다. 학교에서 학생들을 가르쳐 본 경험이 있어 아이들 지도에 큰 어려움은 없다. 걱정은 늘 안전사고다. 모두가 제집에서는 소중한 자식이 아닌가. 행여 다치기라도 한다면 큰일이다. 특히 자기들끼리 싸움이라도 하면 난감하다. 가끔은 옆 동무를 괴롭히는 아이에게 '꽃이 보고 웃는다, 나무가 흉을 본다.' 며 에둘러 이야기해도 금방 말뜻을 알아듣고 웃으며 잘 따른다.

아침에 팀장이 예쁜 봉투에 든 편지 몇 장을 가져와 읽어 주었다. "선생님께 / 선생님 수목원에서 많은 꽃을 가르쳐 주어 고맙습니다. 벌과 꽃등에를 구별하는 법도 알았습니다. /

ㅇㅇ초등학교 2학년. 주△△ 올림"// "선생님 안녕하세요. 저는 ㅇㅇ초등학교 2학년 김△△입니다. 저번에 꽃과 나무 설명해주셔서 감사합니다. 선생님 때문에 모르는 것 알게 되었어요. 다음에 또 놀러 갈게요. 힘내세요."

하늘색 종이에 연필로 꾹꾹 눌러 쓴 글씨가 비뚤비뚤하나 정성이 가득하다. 겹으로 된 종이 안쪽에는 낙엽 모양으로 오린 분홍색종이가 앙증스럽다. 편지를 쓴 아이들은 작년 늦가을에 다녀갔다. 편지는 지난 연말에 왔고, 겨울에는 숲 해설이 없어 소식을 받지 못했다.

서로 쳐다보며 웃는다. 칭찬의 효력은 나이를 가리지 않는 모양이다. 육십 중반을 넘긴 숲생태해설가 선생님들의 표정이 환하다. 하는 일은 간단하다. 유치원생이나 초등학교 저학년 학생에게 숲이 왜 있어야 하는지. 숲이 인간과 어떤 관계를 맺었는지. 숲 속에는 나무나 풀만 있는 것이 아니라 눈에 보이지 않는 미생물부터 큰 짐승까지 함께 살아가고 있으며, 많은 물을 저장하는 저수지의 역할도 하고 있음을 알려준다. 그리고 수목원에서 눈으로 볼 수 있는 수목의 종류, 풀의 이름, 각 나무와 풀의 특징이나, 꽃의 구성, 나무의 잎과 줄기, 뿌리의 역할 등 숲에 대한 기본적인 것을 쉽게 설명하고 체험하게 한다.

꽃잎이 지고 있는 목련을 바라본다. 목련꽃은 꽃의 역할을

다 하고 시들었을까. 순백의 모습을 드러낼 때와 분위기가 사뭇 다르다. 누렇게 뜬 색깔로 나무에서 떨어진 모습이 추한 느낌마저 든다. 오늘은 뒤따르는 아이들에게 신경이 더 간다. 광대나물 꽃을 아무렇지 않게 두 발로 밟아버리는 저 아이를 어떻게 지도할까? 좋은 방법이 떠오르지 않는다.

빛과 물, 영양분을 충분히 받은 나무는 꽃이 탐스럽게 피고 열매가 충실하다. 그러나 그늘에서 빛을 받지 못하거나, 물과 영양 공급이 부족하면 시들거나 말라 죽는다. 아무리 소중한 아이라도 제때 물과 영양분을 주지 않으면 뿌리가 마르고 봄이 와도 꽃이 제대로 피지 않을 것이다. 어떻게 하면 물과 영양분을 줄 수 있을까.

그래, 기다리자. 오늘 읽은 편지를 쓴 아이들도 작년 수목원에 왔을 때 개구쟁이처럼 굴지 않았는가. 나는 정성스럽게 쓴 편지 뒤쪽에 서 계시는 선생님을 본다. 아이의 미래가 봄꽃처럼 활짝 피어나리라.♡

〈2012. 4.〉

내가 잘하는 것

내가 잘하는 것을 적어본다. 강사는 도화지 위에 그린 양손의 손가락 하나하나에 맞추어 쓰라고 한다. 가소롭다. 다 해야 열 가지가 아닌가. 왼손에는 집 안 청소하기, 아이들 불만 들어주기, 딸아이 퇴근할 때 문 열어주기, 아내 잔소리 듣기, 열심히 건강관리 하기, 오른손에는 착하게 살기, 다른 사람 말에 유연성 갖기, 놀 때는 즐겁게 일할 때는 열심히 하기, 내 생각과 느낌을 글로 남기기, 재미있게 취미생활 하기. 쉽게 보일지 모르나 손가락마다 다 채우는 데는 꽤 많은 시간이 걸렸다.

노인상담활동봉사자 교육을 받고 있다. 교육과정 중 내담자의 말문 열기 실습이다. 생전 처음 만난 사람과 무엇으로 이야기를 시작할 것인가? 일상생활에서도 낯선 사람을 만나

나누는 첫말은 상당한 의미를 지닌다. 상담하기 위해 온 사람이 아닌가. 무엇인가 마음에 응어리진 것을 풀어내기 위해, 아니 답답한 가슴을 뚫고자 찾아온 사람이다. 자연스럽게 말문을 열고 답답한 가슴과 아픈 마음을 가감 없이 토로케 해야 한다.

잘한다고 쓴 것을 두고 다시 한 번 생각하란다. 상담 기법을 배우다 보니 내가 내담자가 되어 상담을 받는 기분이다. 왼손에 쓴 것은 퇴직 후 줄곧 하고 있는 것이고, 오른쪽에 적은 것은 하는 것이라기보다는 앞으로 그렇게 했으면 하는 바람이 포함되어 있다. 내 삶이 참으로 작은 것, 사소한 것에 머무르고 있다.

내담자를 위한 공부가 아니라 당장 내가 내담자의 입장이다. 함께 공부하고 있는 동료의 것을 보니 차원이 다르다. 대부분 봉사에 관한 이야기와 직·간접으로 남을 도와준 것이 들어있다. 또 마음을 비웠다든지 지금껏 하지 못한 것을 이룩하기 위해 엄청난 열정을 쏟고 있음을 볼 수 있다. 삶에 대한 꿈이 크고 비전이 대단해 괜히 마음이 위축된다. 지금까지의 삶에 회의를 느낀다. 남을 위한 배려도, 대국적 견지도 부족했다. 나와 내 가족을 위한 일을 잘한 일이라고 하고 있음이 부끄럽다.

손가락 하나하나에 나의 과거가 보인다. 젊은 시절에는 집

안 청소를 한 일이 없다. 직장을 다니며 돈 벌어 온다는 핑계로 아내가 바빠 종종걸음을 쳐도 멀뚱멀뚱 앉아 시간을 보냈다. 아이들의 불만도 귀 밖으로 흘리고, 아내의 잔소리는 곧바로 시비로 번지기도 했다. 그래도 다행스러운 것은 건강 챙기는 일에는 그때나 지금이나 제법 열심이다.

지금껏 많은 사람과 다툼이 있었다. 그때마다 올바른 쪽에서 있었던 것도 아니다. 다른 사람의 말에 관대하지 않았으며 시간도 효율적으로 활용하지 못했다. 내 삶의 흔적을 글로 남기는 일도 나이 쉰을 넘긴 후다. 취미 생활 또한 삶에 쫓겨 다양하게 할 수 없었다.

그래도 주위 사람이 나와 비슷한 삶을 사는 모습에서 스스로 위로해 본다. 본래 인생이란 바라는 대로 다 이루기가 쉽지 않다. 만약 그런 삶이 있다면 판타지에서나 가능한 일이다. 어떤 일에도 목숨 걸지 않았고 내 힘이 닿은 데까지 노력해 성취될 때는 좋아했고, 안 될 때는 다른 생활 방식으로 살아왔다. 다르게 살아온 길이 애초에 가고자 했던 것보다 나빴다고 말할 수도 없다. 내 삶에 본디 바라는 대로 된 것보다 못 이룬 게 더 많지 않은가.

대학을 입학할 때만 해도 행정공무원이 되고자 했다. 하나, 졸업 후 교직에 첫발을 딛고 학생들과 생활하면서 길들어지기 시작했다. 그 삶이 외길이 되어 40년이란 세월을 보냈다.

덕분에 지금껏 보람 있게 살았으며 아이들도 공부시켜 자립하게 했다. 지금은 매달 얼마간의 연금을 받아 노후생활에 안정을 얻고 있다.

행복한 삶 가치 있는 삶이 어떻게 사는 것인지 답을 찾지 못하고 있다. 시작할 때는 최선을 다해 선택했으나 결과는 늘 만족스럽지 못했다. 이런 내가 내담자의 인생 여정에 도움을 주겠다고 공부하고 있다. 마음의 문을 열지 못해 주저하는 사람에게 가슴을 열고 지금까지 보던 창이 아닌 다른 창으로 세상을 볼 수 있게 도와주려 한다.

가치 있는 삶은 자신이 만들거나 다른 사람의 삶에서 찾을 수 있다. '내가 잘하고 있는 것'을 다시 음미해 본다. 비록 크고 거창한 것이 아니라도 '하고 있고, 할 것이 있다' 는 사실에 위로로 받고 싶다. 앞으로 상담봉사자로 활동하는 기회가 주어진다면 오늘 적어본 열 가지가 나 자신을 바라보는 자기응시의 그림자가 될 수 있을 것이다.♡

〈2013. 1.〉

가늠하기 어려운 일

잠깐 시간이 지나자 갑자기 돌아서 말을 한다. "세상에 참, 내 친구 아들이 죽었어. 참 똑똑하고 공부 잘했는데." 주위를 둘러본다. 그가 눈을 맞추고 있는 것은 나다. 처음 보는 사람이 '하게' 하는 말을 썼다. 오랜 지기에게 하는듯한 말투다. 엉뚱한 행동에 기분이 언짢았으나 장난기가 동해 나도 스스럼없이 "그래 참 안 됐네." 하며 맞장구를 쳤다.

죽었다는 친구의 아들은 자기의 아들과 같이 서울의 명문 대학에서 법학을 전공했다. 고등학교 다닐 때부터 공부를 잘해 장래가 촉망되었다. 그런데 아들은 대학 삼 학년 때 사법고시에 합격해 지금 판사로 근무하고 있는데 친구 아들은 졸업 후 이때까지 계속 노력했으나 꿈을 이루지 못했단다. 친구와 친구 아들이 연중행사처럼 한 차례씩 좌절한 것이 10년이란다. 긴 한숨을 한 번 쉬고는 “사람이 그러면 안 되지.” 하더니 나를 빤히 쳐다보면서 천기라도 누설하는 양 목소리를 가다듬으며 낮춘다.

지하철을 갈아타기 위해 급히 승강장에 왔다. 환승역은 사람이 많아 늘 번잡하다. 보통은 전동차의 도착 시각에 맞게 바로 갈아탈 수 있다. 오늘은 세 정거장 뒤에 있다고 도착 안내 게시판에 점멸등이 깜박거린다.

승강장에 놓인 긴 의자가 비어 있다. 윤이 반질반질하게 나는 검은 대리석이 깨끗하다. 평소에 자주 앉던 지점으로 갔다. 작은 종이 상자가 놓여있다. 손으로 밀며 엉거주춤 앉으려고 몸을 구부리자 앞에 섰던 사람이 재빨리 챙긴다. 그는 엉덩이를 내 쪽으로 하고 서서 상념에 잠긴다. 눈을 살짝 마주쳤지만 모르는 사람이다.

부모가 그러면 안 된다. 서너 번 실패하면 포기하고 다른 길을 찾도록 달래야지 아들을 너무 심하게 닦달해 일어난 일이란다. 지난해부터 가야산 해인사 부근 어느 고시원에서 공부했는데 스스로 목을 매 죽었다. 모 대학 병원 영안실에 가기 전에 자기 아들에게 연락했다. 아들이 도착한다는 시간에 맞추어 가니 조화弔花를 가져왔는데 리본에 ‘판사 박ㅇㅇ’이라 적혀 있어 얼른 판사란 말을 가렸단다. 그리고 아들에게 앞으로 친구 상가에 갈 때는 ‘판사’란 직명을 절대로 쓰지 말라 했다. 아들이 아버지께 이번에도 한 가지 배우고 간다면서 죽을 때까지 배워도 다 배울 수 없을 것 같다 하더란다.

아무리 생각해도 알 길이 없다. 하필 내게 그런 말을 하다니. 그때 그곳에서 자기와 가장 가까이 있어서일까? 나이가 비슷하게 보여서일까? 아니면 인상이 만만해 보여서일까? 지하철 승강장의 많은 사람 중에 내게 그 말을 한 까닭이 정말 궁금하다.

세상에 이상한 일이 한둘이 아니다. 거리를 다니거나 생활 속에서 직접 당하거나 본 일도 많다. 그런데 이번 일은 두고두고 다시 생각이 난다. 그 사람 말이 옳아서일까. 오죽 답답하면 나 같은 사람에게 하소연하듯 할까. 이런저런 생각이 퍽 황당하게 한다.

처음 보는 사이다. 그것도 어떤 행사장이나 취미 모임, 또는 스포츠 관람이나 영화 구경, 아니면 물건을 사기 위한 가게나 무엇을 먹기 위한 식당도 아니다. 길 가다가 만나듯 우연히 만났다. 일면식도 없다. 특이한 것이 있다면 뒷모습이 어디에서 많이 본 듯해 거부감이 느껴지지 않았다. 보통 키에 나이가 내 정도 되어 보이고, 좀 오래된 듯한 검은색 양복을 입었으며 머리도 단정하게 정리되어 있다.

내가 거부감 없이 "음, 그래" 하며 공감을 했더니 그는 이야기를 일사천리로 쏟아 놓는다. 그때 전동차가 들어왔다. 차를 타기 위해 움직이는 나를 따라 안으로 들어서더니 "문을 닫겠습니다." 하는 안내 방송이 나오자 놀란 듯이 "나는 이 차 타면 안 되지." 하더니 급이 내린다. 전동차는 그와 아무런 관계가 없다는 듯이 문을 닫고 미끄러지듯 출발한다.

뜻밖의 일이라 잠시 멍멍해졌다. 이 승강장에는 이쪽으로 가는 열차 외는 오지 않는 곳이다. 그는 왜 여기 있었을까? 혹 정신적으로 문제가 있는 것은 아닐까? 친구 아들의 죽음에 충격이 커 누구에겐가 이야기하지 않고는 견딜 수 없는 정신적 장애를 입지는 않았을까? 참 이상한 사람도 다 있다. 상식적인 판단으로는 도저히 가늠할 길이 없다.

고등학교 동창 모임에서 이 이야기를 했다. 대부분 나와 같은 생각을 하는 듯 서로 쳐다보고 있다. 그때 한 친구가 "자식 키우는데 철학이 있다." 며 칭찬이다. 몇 사람이 웃으며 동의를 한다. 다른 쪽에서 "자기 아들 자랑하고 있네." 하며 목소리를 높인다. 또 몇 사람이 동조하며 그럴 수도 있다는 반응이다.

그 사람 마음이 좀 후련해졌다면 다행이겠다. 그나, 나나, 그의 친구나 동년배다. 현실에는 이렇게 개운하지 못한 일이 실재한다. 아들 자랑이든 친구에 대한 연민이든 세상을 사는 방법에는 정답이 없다. 정말 가늠하기 어렵다.♡

〈2013. 4.〉

행복한 날의 기억

'Id(원초 자아) · ego(자아) · superego(초자아) · 의식 · 전의식 · 무의식' 모 노인상담소에서 임원진의 상담 자율연수가 있었다. 전에 들어본 적이 있는 말들이긴 해도 '전의식'의 뜻이 궁금했다. 유인물도 없고 책도 없다. 강의하는 선생님은 스크린에 준비된 영상물을 비추며 수업을 진행한다.

마음속에 갈등이 일어난다. '전의식' 무엇을 뜻하는지 물어봐도 될까? 그런 것도 모르면서 상담연수를 왔다고 무식이 폭로되지는 않을까? 순간 머리가 복잡하다. 갑자기 알고자 하는 욕심이 폭발했다. "선생님, '전의식'에 대해 설명 좀 해 주십시오." 손을 번쩍 들고 질문을 던졌다.

바로 들려온 대답은 함께 연수받고 있는 앞자리에 앉은 선배의 "그런 것 묻지 마세요." 다. 저 선배는 잘 알고 있나 싶어 뜻을 물으니 모른단다. 조용하게 진행되던 수업 분위기가 순간 흐트러졌다. 나는 강사 선생님을 쳐다보며 대답을 기대했다. 그때 앞자리에 있던 다른 선배가 "그렇게 강의 중에 질문하면 수업이 안 됩니다." 한다.

참 이해할 수 없는 말이다. 강의를 듣다 이해가 되지 않으면 질문할 수 있지 않은가? 그것이 수업을 방해하기 위한 것으로 들렸다니 머쓱한 기분이다. 잠시 어색한 시간이 흘렀다. '전의식'이란 의식 전의 의식이란 알 듯 말 듯한 설명을 강사 선생님에게서 들었다.

나는 이 연수에 처음 참가했다. 강의 시작 전 분위기로 봐 전에도 이와 비슷한 연수가 있어 온 듯하다. 임원진 사이에 상당히 서로 친분을 가진 회원도 있어 보인다.

큰 실수를 했다. 선배들과 함께하는 자율연수에 왔으면 고마운 마음으로 가르쳐 주는 공부나 할 것이지 모르는 것 있다고 질문을 해 강의 흐름을 방해해서 되겠나. '전의식'이란 말 뜻을 모른다고 다른 내용을 모두 이해할 수 없는 것도 아니고 급하게 행동한 내가 미웠다. 많은 사람이 모인 대중 강연도 아니고 열댓 명이 하는 자율연수가 아닌가. 후배의 질문이 연수 성격에 맞지 않았다면 설명이 앞서야지 야단부터 하니 마음이 우울하다.

마음이 아프고 가슴이 답답한 내담자의 삶을 조금이라도

편안하게 해 주고자 방법을 배우는 상담 연수가 아닌가. 상담 이론에 나오는 원칙 하나를 내게 대입해 본다. '내가 변해서 나를 다스려야지 나와 관계를 맺고 있는 다른 사람을 변화시켜 내 문제를 해결하는 것은 어렵고 힘든 일이다.'

점심시간이다. 또 다른 선배 한 사람이 "차츰 알게 됩니다." 한다. 나를 위로하는 듯한 표정을 짓고 있다. 연수 중 얼떨떨해하던 나에 대한 배려이리라. 무엇을 알게 된다는 뜻인지 이해가 가지 않는다. 수업을 받다가 몰라서 한 질문이 그리 큰 잘못이란 말인가. 속에서 부아가 치민다. "선배님, 저는 아무런 뜻도 없습니다. '전의식' 이란 뜻이 무엇인가 알고 싶었을 뿐입니다." 순간 또 잘못했다는 생각이 들었다. "예, 알겠습니다. 앞으로 잘하겠습니다." 했더라면 내 마음도 편하고 선배도 흐뭇했을 텐데. 나는 참 어려운 선택만 계속한다.

전부터 쌓인 감정이나 시빗거리가 있어 잘잘못을 가리는 일도 아니다. 함께 연수를 받고 있는 선배에게 무시당한 것도 아니다. 자율연수의 원활한 진행을 위해 질문하지 말라면 바로 깨닫고 실천하면 됐다. '전의식' 이란 말의 뜻도 강의가 끝난 후 혼자 참고 서적을 찾아 공부하면 된다. 질문에 끼어든 선배들 말에 내 생각을 합리화시키려 했으니 어찌 앞으로 내담자를 상담할 수 있을까 걱정이다.

배우는 것은 결과보다도 과정이 중요하다는 말이 있다. 강사의 강의 내용에 없는 것으로 내 마음을 잠시라도 비춰 볼 수 있었음이 다행이다. 얼마간의 시간이 지나면 내 마음을 몰라준다고 서운했던 선배들이 내게 상담기법 하나 가르쳐 준 행복한 날로 기억될 수도 있겠지. 선배들이 고맙다.♡

〈2013. 3.〉

나이 먹음에 대한 원망

모임이 청남대 부근에서 있다는 연락을 받았다. 고향 친구, 말 그대로 불알친구들이 아닌가. 만나고 싶은 마음이 먼저 대청호의 넘실거리는 푸른 물결 위로 달려 간다. 초겨울이라 조금 쓸쓸하겠지만, 가을의 끝자락이라도 남아 있지 않을까 기대하며 일찍 서둘러 떠났다.

예상과는 달리 대청호에는 가을이 조금도 남아 있지 않았다. 떨켜가 없는 참나무 종류만 마른 잎을 달고 남실바람에도 달그락거리며 쓸쓸함을 더할 뿐 활엽수는 잎을 모두 떨어뜨린 체 조용히 겨울을 준비한다. 호수의 물빛마저 군청색이라 마음을 가라앉게 한다. 나무의 잎자루와 가지 사이에 아직 마르지 않은 세포층으로 수분이 빠져나가는 것과 미생물 침입을 막기 위해 생긴 떨켜가 마음을 흔든다.

나도 나무가 떨켜를 만들 듯 아름다운 삶의 마무리를 준비해야 할 나이다. 지금은 의술과 음식이 좋아 사람들이 오래 살기 때문이지, 내 어릴 때만 해도 이 나이면 상노인이다. 인생이란 오가는 것을 알 수 없다. 올 때도 마음대로 온 것이 아니지만 갈 때도 마음대로 갈 수 없다. 대체로 평균이란 작대로 계산해 적당히 살았다고 생각될 때 준비해야 한다.

내 몸에서 빠져나갈 수분은 무엇이며, 밖에서 침입할 미생물은 언제 어떻게 쳐들어올 것인지. 호수를 바라보다 눈을 감는다. 사람은 빵 말고도, 느낌으로, 기다림으로, 막연히 그렇게 되리라 믿는 마음으로도 한세월 사는 거다. 우리 몸의 떨켜는 가을에만 만들어지는 것이 아니라 사시사철 필요하면 언제나 만들어진다.

친구는 화가 많이 났다. 반년 만에 만나 인사도 없이 고함부터 지른다. "누가 이렇게 찾기 어려운데 펜션을 얻었느냐? 내비게이션에도 찾아주지 못하는 곳을" 모임 장소가 마음에 들지 않는다고 항의다. 모인 친구들이 무슨 뜻인지 알기까지는 한참 시간이 걸렸다. 모임 장소를 찾는 데 힘이 들까 싶어 회장과 총무가 개인적으로 전화까지 했다. 몇 차례의 전화에도 통화가 되지 않자, 전화를 받지 않는 친구를 두고 불만 겸 원성에 가까운 성토를 했었다.

친구는 손전화기를 집에 두고 왔고, 내비게이션 사용 능력은 미숙하단다. 집에서 출발할 때 평소 알고 지내던 친구 동생에게 부탁해 목적지를 설정했다. 내비게이션은 목적지까지 정확히 안내하지 않고 종료되었다. 사실 내가 올 때도 그랬다. 펜션 입구 자연휴양림 들어가는 곳에서 "목적지 부근입니다." 하는 말을 남기고 끝났었다. 그곳에서 이삼백 미터 더 들어와야 '옥화9경 ㅇㅇ펜션' 이 있다. 그때는 해가 지지 않아 멀리 세워 놓은 안내문이 도움되었다.

날은 어두워 사방이 캄캄하고, 손전화기는 집에 두고 와 어느 친구에게도 연락할 수가 없다. 내비게이션은 목적지 안내를 종료하고는 먹통이다. 여기까지 와 친구들을 못 만나고 집으로 그냥 돌아가기는 정말 억울했다. 차를 몰고 온 길을 뒤돌아 한참 가서 내비게이션을 다시 작동시켜 봤으나 기대와는 달리 안내해 주지 않더란다. 친구 한 명이 그의 말에 얼른 대답한다. "내비게이션을 재설정하면 되지." "내가 그런 실력이 있으면 왜 출발할 때 친구 동생에게 부탁했겠나?" 하며 욕을 퍼 붙는다. 모임 장소를 찾는다고 고생을 무척 했음이 틀림없다.

참 이상하다. 성이나 씩씩거리며 욕하는 친구는 있는데 그 욕을 들을 이유가 있는 사람이 없다. 혼자 화가 나 한참 넋두리하다가 막걸리 몇 잔을 비우더니 한탄한다. "이럴 줄 알았으면 내비게이션 사용하는 방법이나 확실히 배워 둘걸. 나이가 드니 잊고 다니는 것이 많아. 하필이면 오늘 같은 날 손전화를 집에 두고 오다니. 야, 이 친구들아 좀 찾기 좋은 곳에서 만나자. 왜 이렇게 첩첩산중에서 모이려 했느냐?"

그렇다. 나도 요즘 무엇인가 자주 잊어버린다. 물건도, 약속도, 꼭 기억해야 할 중요한 생각도…. 친구의 넋두리를 듣고 있자니 시간과 장소만 바뀌면 곧 내 일이 될 수도 있겠다. 친구는 그래도 하나 잊고 있는 것이 있다. 약속 시각은 오후 2시인데 날이 어두워서야 제일 늦게 오지 않았는가. 내 허물을 찾기가, 내 잘못을 인정하기가 참 어렵다. 모든 잘못을 나이 탓으로 돌리고 있다. 틀린 것은 아니나 그렇다고 정답도 아니다. 인생이란 이렇게 애매하게 사는 것이다.

나이 먹음에 대해 원망만 쏟아 부을 것이 아니라 긍정적인 것을 찾아보면 안 될까. 인생은 살아볼수록 깊은 맛이 나고, 원숙해져 아름다울 수도 있다. 나무는 떨켜 덕분에 겨울이 지나 봄이 되면 새잎이 난다. 모과는 썩어가면서도 향기로운 향기를 풍긴다. 나도 나이가 들수록 삶을 향기롭게 할 수 없는지를 고민해 본 모임이다. 친구들의 얼굴에 인생 계급장이 선명하다.♡

〈2012. 11.〉

나의 살던 고향은

고향인 예천군 풍양면에는 낙동강 1,300리에 마지막으로 남은 주막인 '삼강주막' 이 있다. 어린 시절을 보낸 풍양장터(낙상2리)는 삼강주막과 6Km 정도 떨어져 있고, 면사무소와 파출소, 초 · 중 · 고등학교가 있으며 닷새마다 장이 선다.

지금은 장터에 상설건물이 있어 상거래가 늘 이루어지나 내 어릴 때는 면사무소 앞 넓은 도로가 시장이었다. 장날마다 멀리서 장사꾼이 공산품을 트럭에 가득 싣고 오고 가까운 마을에서는 말수레나 소달구지로 농산물을 가져와 팔고 사거나 물물교환을 했다. 아침부터 저녁까지 거리 가득 사람들로 붐볐다.

큰길가에는 먼 일가 아저씨 내외가 살고 있었다. 장날마다

시장에서 생선·소금·건어물을 팔고 장꾼에게 점심을 해 주었다. 부모님과 참 다정하게 지낸 분이다. 내가 갓난아기 때 어머니가 몹시 아파 젖이 나오지 않아 아주머니의 젖을 먹고 자랐다고 했다. 자기 집에는 아들이 많으니 하나 정도 없어져도 괜찮다면서 외아들인 나를 위한 배려가 남달랐단다.

초등학교 저학년 때 장날이면 점심은 늘 아주머니 가게에서 먹었다. 큰 가마솥에 끓인 쇠고깃국 맛은 지금도 잊을 수 없다. 밥을 먹고는 우시장으로 갔다. 거기에는 구문꾼으로 활동하는 아버지가 있다. 아버지와 눈을 한 번 맞춘 후 주위를 서성이면 과자 사 먹으라며 돈을 손에 쥐여 줬다.

마을 뒤에는 덕암산이 병풍처럼 둘려 있고, 앞에는 대구로 가는 한길이 쭉 뻗어 있다. 길 따라 조금 가면 논밭을 가로질러 큰 도랑이 있다. 그 도랑을 우리는 '큰걸가'라 불렀다. 여름 장마 때는 물이 범람해 논에서 한창 자라는 벼를 묻어버리기도 하고 하루에 두 번씩 들어오는 버스가 빠져 곤혹을 치르기도 했다. 장마가 길어지기라도 하면 물고기가 올라와 물이 빠질 때 미처 내려 가지 못했다. 도랑 바닥에 흰 배를 들어내고 숨을 헐떡거리면 동무와 서로 잡겠다고 옷이 젖는 줄도 몰랐다.

큰걸가는 초여름부터 가을까지 놀이터다. 소를 몰고 가 풀을 뜯어 먹게 하고는 친구들과 모여 달리기·씨름·고무신 차기·말타기·미끄럼 타기 등을 했다. 놀이가 지겨워 지면 남의 집 참외나 수박밭에 들어가 서리도 하고, 가끔 소싸움을 붙여 놓고 "우리 소 이겨라." 하며 응원도 했다.

뒷산(덕암산) 중턱 바위에는 자연적으로 생긴 굴이 있다. '호랑이 굴'이다. 초등학교 저학년 때는 겁이나 가까이 가지 못했으나, 고학년부터는 용기를 내 굴 입구에서 안을 들여다보곤 했다. 굴속에는 반짝이는 빛이 보였고 그것을 우리는 호랑이 눈이라 했다. 정월대보름날이면 호랑이를 잡겠다고 굴 입구에 청솔가지를 꺾어다 불을 놓았다. 호랑이가 연기에 숨이 막혀 튀어나올 것에 대비해 손에는 몽둥이를 하나씩 들었다. 그러나 호랑이는 불을 때니 따뜻해 잠을 자고 있는지 아니면 정말 연기에 질식이라도 했는지 한 번도 나오지 않았다.

뒷산 꼭대기에 오르면 앞에는 풍양장터가 한눈에 들어오고 뒤에는 낙동강이 환히 보인다. 여름에 홍수가 나면 물 구경 가자며 뒷산을 올랐다. 산 너머 마을이 강물에 잠겨 황토물에 덮여 있고, 강 안쪽에는 수박·참외, 어떤 땐 소·돼지·집도 떠내려 왔다.

고향에는 재종형님 두 분이 계신다. 고향을 갈 때마다 늘 하는 버릇대로 형님 집 들러 안부 묻고, 친구 집 들러 정담을 나누며 그 간 적조積阻했던 시간의 아쉬움을 달래다 온다.

얼마 전에는 좀 다른 체험을 했다. 어린 시절 자란 집을 찾았다. 고향을 떠나면서 처분해 지금은 남의 소유로 되어 있다. 초가집이던 그때의 모습은 사라지고 슬레이트로 지붕을 고쳐 아담하다. 비만 오면 질벅거리던 골목길도 시멘트로 포장해 깨끗하다. '많이 변했구나!' 하는 순간 내 눈에 들어오는 낯익은 것이 있었다. 집 뒤 감나무다. 연초록의 잎이 깨끗하다. 이파리 사이로 보이는 가지에 누런 감꽃이 헤아릴 수 없이 달려 있다.

객지 생활을 시작하고부터 많이 바빴나 보다. 해마다 몇 차례씩 고향을 다녀왔건만 어릴 적 추억을 고스란히 간직하고 있는 고향 집 뒤꼍 감나무 한 번 제대로 쳐다보지 못했다. 살아온 인생이 슬퍼진다.

"회룡포의 물돌이 마을 풍경이 눈에 선하다.", "삼강주막 부엌 벽에 막대를 그어 놓은 듯한 흔적이 외상으로 술을 팔고 기록해 둔 장부였구나.", "용문사의 윤장대를 만지고 왔으니 나는 팔만대장경을 한 번 읽은 거나 마찬가지다." 지난달 대구문인협회 임원진 문화탐방 행사를 예천에서 가졌다. 그때 오면서 임원들이 털어놓은 소회다.

탐방 장소를 정할 때 회룡포가 국가로부터 '명승' 지정을 받았고, 삼강주막에서 우리 시대 마지막 주막의 정서와 서민

들의 애환을 느껴보자고 했다. 천년고찰 용문사에서 불경을 보관하고 있는 '윤장대'를 한 번 돌려 보고, 짬을 내 돌아오는 길에 우리나라 최초 백과사전이라 할 수 있는 '해동운부군옥'을 편찬한 초간 권문해 선생의 정자 '초간정'에도 들릴 수 있다고 했다.

삼강에 사는 친구에게 전화해 삼강주막의 근황도 물어보고, 예천군 문화관광 과에 문의도 했다. 문화재해설가는 자기가 맡은 곳에 정확한 지식을 갖고 있었으며, 웃음으로 친절하게 안내했다. 올여름에 있을 '2012예천곤충바이오엑스포'에 대한 홍보도 잊지 않았다. 이번 문화탐방의 절정에는 '예천참우마을본가'에서 점심으로 먹은 예천참우였다. 그 맛은 함께한 대구매일신문 주간매일에 '고향의 맛' 기행을 100회 이상 쓴 구활 선생의 입맛까지 사로잡아 칭찬을 들을 수 있었다.

종일 내린 비속에서도 '자연이 살아 숨 쉬는 땅, 예천 문화탐방' 행사는 잘 마쳤다. 돌아오는 차 속에서 예천에 한 번 더 오면 세금 내는 나무 '석송령'(천연기념물 294호), 내성천 백사장의 명사십리를 한눈에 볼 수 있는 '선몽대', 철조여래좌상(보물 667호)이 있는 '한천사', 외로운 회화나무 한 그루와 소나무 세 그루가 동무하고 있는 동래정씨의 정자 '삼수정'(문화재자료 486호), 예천온천, 학가산 자연휴양림, 2012예천곤충바이오엑스포의 주제관인 '예천곤충생태원'을 안내하겠다고 했다.

고향은 빛바랜 흑백사진처럼 점점 흐릿해져 가고 있으나 언제나 그립다. 거기엔 추억이 남아 있고, 그리움이 숨어 있다. 일찍 향수를 치료하는 방법을 알아 풍양을 고향으로 둔 친구 몇이 '애향동우회'를 만들어 해마다 한두 번씩 고향을 찾는다.

풍양장터에서 함께 자라 초·중학교를 졸업하고, 타지로 헤어진 불알 동무 김주식, 전광일, 장사일, 윤성근, 조성하, 강경윤, 김천수, 정대모, 일찍 유명을 달리한 김영호는 잊지 못할 고향 친구다.♡

〈2012. 6.〉

그들이 고맙다

음악이 흐르고 노랫소리가 흥겹다. 모인 사람은 사십 대 후반의 남녀다. 얼굴 쳐다보고 웃고, 술 한 잔 마시고 떠들고, 기분 나는 대로 엉덩이를 흔들며 즐겁게 논다. ○○중학교 동기생이다. 자주 만나는 사이도 있고 졸업 후 처음 보는 친구도 있는 모양이다.

참석한 사람의 이름을 다 모른다. 삼십여 년 전 제자들이다. 누가 어디에 살고 무엇을 하는지도 알지 못한다. 그저 표정이나 말투에서 그들의 현재 생활을 추측해 볼 뿐이다. 이 친구는 포시럽게 지내고 있군. 이 친구는 생활이 좀 힘든 모양이지. 이 친구는 생활에 여유가 있구나. 시골에서 농사짓는다는 시꺼멓게 그은 얼굴에 건강미가 넘치는 친구도 있고, 학교 다닐 때 남학생을 만난다고 좋은 옷 한 벌 뽑아 입고 온 여

제자도 있다.

함께 한 그들이 그저 하하 호호다. 행동이 자유롭고 대화에 제약이 없다. 옆에서 지켜보기만 해도 마음이 든든하다. 행복하고 즐겁다. 술기운이 얼굴에 벌겋게 오른 제자가 곁에 와 앉는다. “선생님, 선생님께서 하신 말씀이 지금도 생생합니다.” 밑도 끝도 없이 고맙단다. 그때 무슨 말을 했는지 기억이 나지 않는다. 그보다 내가 더 답답하다.

지난가을에는 이들보다 한두 살 많은 제자들의 초대로 경주에서 일박 이 일을 함께 했다. 신라문화체험관에서 모두 교복으로 갈아입는 순간 시간은 칠십 년대 말쯤으로 되돌아갔다. 대능원 천마총을 견학 가는 길에 키 큰 친구가 ‘반장’이란 완장을 차고 호각을 불며 두 줄을 세워 인솔하는 장면이 인상적이었다. 타임-머신(time machine) 타고 삼십 년이란 세월을 넘나들며 즐거움과 아름다움을 만들고 있다.

주차장 앞을 지날 때다. 난전에서 장난감 몇 점씩 갖다 놓고 팔고 있던 나이 지긋한 할머니가 교복 입은 여제자를 보고 “멀리서 볼 때는 학생인 줄 알았더니 가까이서 보니 애기 엄마들이네.” 한다. 경주 최 부자 집에서는 집안 여기저기를 견학하다가 마루에 걸터앉아 떠들고 있는 그들에게 노인 한 분이 방문을 가만히 열리더니 머리만 밖으로 내밀며 “늙은 학생들이구먼." 하고 문을 닫는다.

장년이 된 제자들의 행동이 중·고생들의 모습이다. 눈만 뜨면 경쟁해야 하는 사회생활은 잊은 듯하다. 웃음이 순박하고 표정이 맑고 깨끗하다. 특히 여제자들의 행동이 자유롭다. 중학교 시절 수행 여행 와서 본 신라 유적에 대한 추억보다 그때 짓궂게 놀리며 장난 걸던 남학생만 기억나나 보다.

찰떡 만들기 체험관에서다. 사회의 재치 있는 진행에 박수가 나오고 함성이 쏟아진다. 사회가 나이 들어 보이는 제자 곁에 가 "선생님, 이 학생은 학창 시절에 선생님 말씀을 잘 듣던가요?" 하며 나를 지목한다. 박장대소가 터졌다. 질문받은 그가 어찌할 줄 몰라 얼굴을 붉힌다. 사회가 멍하니 쳐다본다. 나이 들면 스승이나 제자나 같이 늙는다고 하지 않는가.

행사가 끝날 때쯤 질문을 받은 제자가 "선생님 죄송합니다. 제가 선생님보다 나이가 더 들어 보였나 봅니다." 하며 어색한 웃음을 짓는다. "아니야, 어려운 세상을 헤쳐 가는 방법이 나보다 더 노숙하게 보였겠지. 나야 이 나이 되도록 우물 안의 개구리 같은 삶을 살지 않았나." 하며 마주 보고 웃었다.

교직 생활 삼십칠 년을 끝으로 정년을 맞았다. 젊은 시절에는 교사 생활을 계속할 것인가 다른 직장으로 갈 것인가 갈등도 많았다. 소심한 성격이랄까. 집안의 분위기랄까. 어물어물

하는 사이에 세월이 정년까지 흘러왔다. 제자들을 볼 때마다 좀 더 잘 지도해 주지 못한 것이 아쉬움으로 남는다.

무슨 말을 했는지 나는 기억도 나지 않는데 제자는 내 말을 삶의 좌우명으로 삼았다고 한다. 다행히 사회적으로 성공했다는 평을 받고 건전하게 잘살고 있다니 대견하다. 나보다 나이가 많게 보여 죄송하다며 얼굴을 붉힌 제자의 순진해 보이는 표정이 나를 기쁘게 한다. 저 나이에도 그렇게 수줍어할 수 있는 순수함이 가슴 속에 있다는 것은 세상을 깨끗하게 살아왔다는 증거가 아닌가.

교직에서 물러나 조용히 지내는 나를 초대해준 그들이 고맙다.♡

〈2012. 6.〉

2 부
다랑논

영정과의 약속

오래전부터 석가탄신일을 기다렸다. 지난해 가을 어머니께서 돌아가시고 사십구재 때 모시던 영정을 찾아올 생각이다. 벌써 찾아왔어야 하는데 차일피일 미루다 재를 마친 지 다섯 달이나 지났다.

작은 암자에 신자들로 북적인다. 부처님을 모셔 놓은 방에도 사람들로 가득하다. 스피커를 통해 들려오는 스님의 염불소리가 낭랑하다. 중생들을 열반과 해탈로 인도하기 위한 독경이 길다. 법당에 들지 못한 사람들이 마당에서 서성이고 있다. 새벽에 내린 비로 경내 마당이 질벅거린다. 앉을 자리도 없고 서 있기도 불편하다. 그래도 아무도 불평하는 사람이 없다. 표정들이 엄숙하다. 석가탄신일을 맞아 저마다 가슴속에 품고 있는 소원을 빌고 있기 때문인가 보다.

법요식이 끝나자 점심 공양이다. 방은 먼저 온 신자들 차지다. 마당에는 뒤에 온 사람들이 그릇에 먹을 것을 들고 식사를 한다. 자연스럽게 서로 아는 사람끼리 몇 무리로 모둠이 만들어진다. 자리가 불편하고 음식이 고르게 배분되지 않아도 별문제가 없다. 웃음 띤 얼굴에 표정들이 평화롭다. 부처님의 자비를 실천하고 있다.

어디에나 사람이 많이 모이는 장소에는 차가 문제다. 암자 진입로까지 승용차가 겹겹이다. 법회를 마치고 일찍 갈 생각은 진작 포기했다. 입구의 차부터 차례대로 빠져야 갈 수 있다. 걸어 다닐 때보다 차를 타고 다닐 일이 많아지고부터 내 의지와는 상관없이 여러 가지 제약이 많아짐을 느낀다. 어머니 영정만 해도 그렇다. 별로 무게도 없는 것을 부피가 좀 크다는 이유로 아내는 몇 차례 암자를 들리고도 내가 차를 가져올 때 갖고 간다면서 미루어 온 상태다.

보살에게 어머니 영정이 어디 있느냐고 물었다. 뒤편 창고에 있단다. 날씨 탓인가 창고는 좀 어두웠고 냉기가 가득했다. 구석진 곳에 먼지를 덮어쓰고 비스듬히 놓여 있다. 아내가 쳐다보면서 중얼거린다. “외롭게 혼자 계시는구나.” 사진을 뻰쩍 쳐들고 손으로 먼지를 훔친다. 갑자기 가슴이 찡하고 눈에서 눈물이 솟는다. 그렇다. 얼마나 외롭고 적적했을까? 재를 마친 후로 한 번도 영정을 본 일이 없다. 재를 위해 법당에 모셔 놓았을 때는 조화로 테두리를 장식하고 검은 천으로 리본도 달고 있었는데.

이틀 전 어버이날 산소를 찾았다. 봉분에 뗏장을 입히긴 했으나 아직 붉은 흙이 드러나 있어 쓸쓸하고 초라했다. 그래도 잔디가 파릇파릇 싹을 내밀고 있었다. 맨손으로 잔디를 쓰다듬으며 병상 생활의 고통 속에서 벗어나 천국에서 자유롭게 계실 어머니를 생각하며 위안으로 삼았다.

곁에 아버지의 산소가 함께 있다. 망자와 산 사람과 거리가 너무 멀어 삼십 팔 년 만의 상봉이다. 아버지는 원칙을 준수하고 엄숙하게 살다 가신 분이다. 그 영향인지는 모르나 어머니도 꽤 지조가 높았다. 혼자뿐인 아들에게도 해줄 것은 해주고 요구할 것은 상당히 엄하게 요구했다. 덕분에 내가 신의를 바탕으로 다른 사람을 존중하는 사회생활을 하는 데 밑거름이 되었다.

영정 속 어머니는 분홍색 저고리를 입고 있다. 표정이 맑고 고요하다. 암자의 법당에 모신 부처님모양 웃음 띤 모습이 평화롭다. 차 뒷좌석에 정성껏 모시고 왔다. 지난해까지 계시던 어머니를 뵐 수 없다는 사실이 마음을 허전하게 한다. 비록 병상에서 나를 알아보지도 못하고 말 한마디 하지 않던 어머니일지라도 계실 때가 몹시 그립다.

영정을 앞에 놓고 이야기한다. "이틀 전 당신의 손자가 아들 하나를 데리고 와 하루 묵고 갔습니다." 어머니는 아흔아홉의 나이에 돌아가셨다. 넉 달만 더 사셨으면 증손자 얼굴을 볼 수 있었는데 안타깝게도 조물주가 준 운명은 거기까지였다. 아버지 돌아가신 후 혼자 많은 농사를 짓느라 새벽 미명부터 저녁 서쪽 하늘의 샛별이 떠오를 때까지 일했다. 자식이 행여 남들에게 무시당하지 않을까? 공부시키는 데 돈이 모자라지는 않을까? 당신에게 주어진 의무를 다하기 위해 애쓰며 살아오신 모습이 눈앞에 아른거린다.

영정 속 어머니의 눈이 나를 아직 어린아이로 보고 있는 듯하다. 내 죽을 때까지 당신의 얼굴과 이름을 욕되지 않게 살겠다고 감히 다시 한 번 약속해 본다.♡

〈2011. 5.〉

다랑논

오월의 산야는 어디를 봐도 신록이다. 고추 농사로 유명한 영양군은 산이 높고 물이 맑다. 소설가 이문열의 고향 두들마을에서 시인 조지훈의 고향 주실마을로 가는 길이다. 길 따라 이어지는 논과 밭이 단정하다. 논은 모심기를 위해 갈아 놓았고, 고추가 심어진 밭은 바닥이 검은 비닐로 덮여 있다. 가끔 보이는 보리는 이삭이 패 고개를 빳빳하게 세우고 있다.

누군가 중얼거리듯 한마디 한다. 요즈음은 밭농사를 지으려면 비닐을 덮지 않으면 안 된다. 비닐멀칭을 해야 작물의 뿌리도 보호되고 땅 온도를 유지하며, 흙의 건조·병충해·잡초 따위를 막을 수 있다. 멀칭을 하지 않으면 지슴(잡초) 때문에 농사를 지을 수 없다. 농촌에도 인건비가 비싸 옛날처럼 호미로 밭의 김을 매지 않는다. 밭으로 변한 천수답까지 비닐을 덮고 있다. 가끔 묵밭이 되어 잡초가 가득한 다랑논이 보인다.

남해 다랑논이 생각난다. 지난가을 문우들과 함께 다녀왔다. 자연에 순응이라도 하듯 꼬불꼬불한 논두렁이 계단처럼 층계층계 이어진 논에 노랗게 익은 벼가 고개를 가지런히 숙인다. 멋지게 그린 한 폭의 그림이다. 주변의 푸른 바다가 가을 풍광을 더 아름답게 만든다. 좀 센 바람이 지나갈 때는 벼가 일제히 바람의 반대 방향으로 몸을 숙였다가 제자리로 돌아온다. 미풍이 불 때는 살랑살랑 몸을 흔들며 미소를 짓는다.

어릴 때 고향의 다랑논은 부모님 속을 많이 썩였다. 봄 가뭄이라도 길게 이어지면 가을에 수확을 못 할까 애를 태웠다. 물지게로 물을 저와 벼에다 뿌렸다. 비가 올 때는 물을 조금이라도 많이 담으려고 물꼬를 높였다가 논둑이 터져 안타까워 했으며, 산짐승들이 내려와 농작물을 해코지해 날이 저물도록 지키기도 했다. 하기는 봄과 여름을 잘 견디더라도 가을 소출은 볼품이 없었다. 그래도 그 벼가 식구들이 겨울을 이기는 양식으로 많은 보탬이 되었다.

참 많은 사람이 왔다. 카메라에 저마다 추억을 담느라 분주하다. 다랑논이 제 본래의 기능과는 관계없이 관광 상품으로 인기를 누리고 있다. 논에서 나는 소출보다 몇 배나 많은 수입을 주민에게 준다. 다랑논의 변신이다.

기능의 변화는 시간의 흐름에 따라 달라진다. 영양의 다랑논은 묵밭이 되어 있고, 남해의 다랑논은 관광객의 구경거리로 변했다. 내 삶의 가치도 다랑논 같다. 세월의 흐름에 따라 많은 변화가 있었다. 거기엔 행복한 웃음짓던 만족함도, 남몰래 눈물짓던 괴로움도 있었다. 사실 시간처럼 정직하고 공평한 것도 없다. 누구에게나 세상에 태어난 출발선에서 주어진 시간은 똑 같다. 그러나 어떻게 쓰느냐에 따라 가치와 의미는 달라진다. 남은 생이라도 의미 있는 삶이 되도록 세월과 능력을 낭비하지 않고 제 몫을 하며 살겠다고 다짐해 본다.

옛날에는 논과 밭을 한 평이라도 더 일구려 했다. 심어 놓은 작물의 소출을 높이기 위해 애도 썼다. 지금은 일할 사람이 없어 농사짓기가 거북한 곳은 놀린다. 남해의 다랑논도 주변의 바다를 만나 관광 자원이 되지 않았다면 묵밭이 되지 않았을까.

차창 밖의 다랑논이 감회에 젖게 한다. 초등학교 저학년쯤일 때 어머니는 당신의 엄지손가락보다 약간 굵은 작대기를 주면서 다랑논 논둑에 한 발짝 거리마다 구멍을 뚫게 했다. 그곳에 콩을 두서너 개씩 넣고 재를 한 주먹씩 놓았다. 거리를 한 발짝씩 띄운 것은 콩을 너무 쏘물게(배게) 심어 소출이 적어지는 것을 방지하기 위함이고, 재를 덮는 것은 버러지나 새가 콩 씨앗을 먹지 못하도록 예방하기 위해서다.

어떻게 하든 농사짓는 땅에서 작물을 많이 수확해 가정경제에 도움을 얻으려 다랑논의 논둑까지도 알뜰히 경작했다. 거기에는 고단함이 있었지만, 희망을 저버리지는 않았다. 묵밭이 되어 잡초로 덮여 있는 모습이 보기에 안쓰럽다. 오늘의 경제논리로는 농사짓지 않고 놀리는 것이 실질적인 이익이 된다는 것을 모르는 바 아니지만 아깝다.

다랑논은 가난하게 살아온 부모님의 풀빛 같은 삶의 현장이다. 거기에는 논을 갈던 아버지, 모를 심던 어머니, 꼴망태를 메고 논둑을 걷던 이웃집 형의 모습이 일렁인다. 논과 맞닿은 비탈진 구렁에 지천이던 찔레 순도 보인다. 달짝지근하면서도 풋내가 나던 찔레 순. 그것도 아까워 조금씩 베어 먹던 어릴 때의 동무들이 그립고 보고 싶다.

묵밭으로 변한 다랑논에 추억 한 자락 묻히고 있다. 버스는 내 마음을 아는지 모르는지 향수를 차창에 달고 잘도 달린다.♡

〈2011. 6.〉

누이와 어머니

누이한테서 편지가 왔다. 봉제공장에 다닐 때는 인간 기계란 느낌이었는데 지금은 사람으로 대접받으면 살고 있단다. 동생은 작년부터 노인 요양원에서 일한다. 그곳에서 늙고 병들어 갈 곳 없는 노인들을 돌본다. 자원봉사는 아니다. 월 얼마 정도 실비를 받고 일한다. 일의 양이나 투자하는 시간에 비해 형편없는 보수다.

삶의 목적도 희망도 잃어버린 채 인생의 황혼을 보내는 노인들을 돌보면서 가끔 이런 생각을 한단다. "모시고 있는 어르신들의 자식이나, 나나 별수가 없는 무심함에 미안하고 죄송할 때가 많다." 삶이란 현실 때문에 가끔 다녀가는 자식들의 모습이 안타깝고, 종일 어른들에게 시달리다 보면 마음과 다른 행동과 말을 하는 자신이 밉단다.

노인들을 볼 때마다 어머니 생각이 나 그들이 불쌍해 더 잘 돌보고 싶다. 이성과 논리로는 도저히 생각할 수 없는 일이 하루에도 몇 차례씩 일어나고, 철없는 어린아이보다 못한 행동으로 힘들게 할 때마다 어머니가 힘이 되고 있단다.

세월이 빨리 흐른다. 올해도 벌써 반이 지나가고 있다. 어머니가 치매로 입원 한지 일 년이 되었다. 병원을 찾을 때마다 죄인이 된다. 어머니가 기분 좋아 보이면 집에서 모시고 싶은 생각이 간절하다. 뜻대로 되지 않는다. 그 이유를 찾지 못해 고민한다.

어떤 땐 내가 참 무능한 것 같기도 하고, 어머니에 대한 사랑이 식었다는 생각이 들기도 한다. 한편으로는 집에서 병구완하는 것이 병원에 모시기보다 마음의 갈등이 심할까 두렵다. 내 잣대로는 가늠하기가 쉽지 않다. 욕심을 내 잘 모신다는 것이 더 불편하게 할까 망설이는 사이에도 세월은 아무 일 없다는 듯 흘러가고 있다.

어제는 어머니의 기분이 좋아 보였다. 귀에 대고 누님이 다녀간 것을 아느냐고 물었다. "나는 몰라." 하며 멋쩍게 웃는다. 며칠 전 누님이 다녀갔다. 누님이 어머니의 손을 잡고 나를 아느냐고 물으니 입을 벌리고 먹는 것을 달라는 시늉만 할 뿐 알아보지 못한다며 서운해했었다. 정말 아기처럼 행동한다. 좋으면 혼자 웃고 마음에 차지 않으면 천장만 쳐다본다.

들판에 농부들이 모심기하는데 모심으러 가자고 했더니 "나는 힘이 없어 그런 것 못해" 한다. 오랜만에 들어보는 의사 표현이다. 어머니는 들일을 참 많이 했다. 모내기 철이 되면 몹시 바빴다. 지금처럼 이앙기가 모를 심는 것이 아니라 무논에 사람들이 일렬로 서서 심었다. 못줄을 쳐 놓고 줄에 표시해 둔 눈금에 맞추어 뒷걸음을 치며 모를 꽂았다.

농사일이란 몹시 바쁘고 힘들다. 씨앗을 제때 뿌리고 수확을 때맞추어 해야 한다. 김매기도, 물주기도 그렇다. 적기를 놓치면 소출에 지장을 받는다. 특히 모내기는 더욱 중요하다. 벼농사는 농가 소득의 주 품목이다. 때를 놓쳐서는 농사꾼이라 할 수 없다. 모내기할 때 동동걸음을 치며 바삐 쫓아다니던 어머니의 모습이 눈에 선하다.

좀처럼 묻는 말에 대답하는 법이 없다. 말귀를 못 알아듣는지 말하는 것이 귀찮은지 분별하기가 쉽지 않았다. '나는 힘이 없어 그런 것 못해' 기운 없는 목소리로 들리듯 말 듯한 대답을 듣는 순간 참 기뻤다. 병문안을 오는 사람마다 아무것도 모른다는 말이 서운하게 들렸다. 사람들이 그런 말을 할 때마다 나는 속으로 그렇지 않다고 수도 없이 부정했다.

"나는 편찮은 어르신들 덕분에 잘살고 있다."는 동생의 말을 듣고 그까짓 생활비도 안 되는 돈 몇 푼 받고 있으면서 별소리 다 한다고 했었다. 하는 일이 표 나는 것이 아니지만 늘 시간에 쫓기고 분주해 세월의 흐름을 잊고 산다고 했을 때, 하는 일을 다른 것으로 바꾸어 보라고 했다. 그래도 지금 하는 일이 사람으로 대접받는 느낌이란다. 내가 입원해 있는 '어머니' 만 생각하고 있는 동안 동생은 멀리서 '사람을 사랑하는 법' 을 깨달았나 보다.

학교나 지역사회에서 오는 봉사자들과 대화를 나누다 보면 전에 봉제공장에 다닐 때와는 비교되지 않게 사람다운 생활을 하고 있음을 느낀단다. 어머니의 힘은 크다. 병상에서 아무것도 모른다는 말을 듣고 있으면서도 동생에게 참다운 삶의 가치를 일깨워주고 있다. 어머니가 자랑스럽다.♡

〈2006. 6.〉

괜찮아

나는 '괜찮아' 하는 말을 자주 듣고 살았다. 외아들이라 어릴 때부터 귀여움을 많이 받았다. 어지간히 잘못된 말과 행동은 용서됐다. 누님이나 여동생과 시비에 언제나 이겼다. 내 주장이 바르고 옳아서라기보다 아들이기 때문이다. 부모님은 언제나 내 편이었고, 나의 언행은 부모님의 잣대로는 늘 '괜찮아' 였다.

초등학교 2학년 때다. 같은 반에 쌍둥이 형제가 있었다. 동생은 공부를 잘하고 행동이 민첩해 똑똑하다는 말을 들었으나 형은 공부도 잘못하고 행동도 느려 아이들의 놀림감이었다. 쌍둥이 중 형은 키가 크고 힘이 세다. 평소에는 반 아이들이 놀려도 싱긋이 한 번 웃으면 그만이나, 성나면 무섭기가 선생님 이상이다. 그는 매일 반 아이들과 싸웠다. 상대는 반 조무래기들이다. 작은 친구들이 겁 없이 까불어 일어난다. 나도 그중 하나다. 선생님은 언제나 내게는 '괜찮아' 하면서 그 친구에게는 큰 게 참아야지 그러면 못쓴다고 했다.

그날도 쌍둥이 형과 싸웠다. 점심시간이라 선생님은 빨리 나타나지 않았고 코에서는 피가 쏟아졌다. 식식거리며 달려들수록 불리했다. 집으로 도망쳤다. 아버지는 코피를 흘리는 나를 보고 웬일이냐 물었다. '왜' 란 이유 같은 것은 중요하지 않았다. 바로 학교로 달려 가서 그를 닦달했다. 친구는 잘못이 없음에도 기가 죽어 눈물을 흘리며 잘못했다고 빌었다. 그때도 아버지는 내겐 '괜찮아.' 라고 했다.

오래전이다. 시골에서 생활하던 그가 죽었다는 이야기를 들었다. 졸업 후 몇 차례 만나 술잔을 앞에 놓고 지난 초등학교 시절의 추억담을 나누기도 하고 근황도 물은 일이 있다. 큰 키의 그는 늘 싱긋이 웃기만 하고 말이 적었다. '괜찮아.' 라는 말은 그 친구가 들어야 했고 꾸중은 내가 받아야 했는데 미안한 생각이 든다.

'괜찮아' 란 말은 내 삶을 참 편하게 했다. 장영희 교수는 수필 〈괜찮아〉에서 이 말은 '그만하면 참 잘했다.' 고 용기를 주는 말. '너라면 뭐든지 다 눈감아 주겠다' 는 용서의 말. '무슨 일이 있어도 나는 네 편이니 넌 절대 외롭지 않다' 는 격려의 말. '지금은 아파도 슬퍼하지 말라' 는 나눔의 말. 그리고 마음으로 일으켜 주는 부축의 말이라고 했다. 내 삶과 연관지어 볼 때 동의하지 않을 수 없다.

하지만 '괜찮아' 란 말이 내 인생에 모두 긍정적으로 작용한 것은 아니다. 어릴 때 나를 몹시 나약하게 만들었다. 어떤 의사 결정에 언제나 머뭇거렸고 단체 행동에 앞장서지 못하고 뒤에 수동적으로 참여했다. 팔십 년대 중반 한창 부동산 경기가 좋을 때 고향에 있는 땅을 팔아 투자했더라면 많은 돈을 벌 기회도 놓쳤다. 직장을 다닐 때는 벽지에 근무할 기회가 있었으나 가족과 떨어져 산다는 부담을 떨쳐 버리지 못해 가지 못했다. 이삼 년만 고생하면 승진할 기회마저 놓쳤다. 그래도 '괜찮아' 하는 말을 많이 들으며 살아온 삶이 나를 행복하게 했다. 여생에 마음에 차지 않은 일이나, 성낼 일이 있을 때 '괜찮아' 할 수 있는 마음의 여유를 갖고 싶다.

얼마 전이다. 우연히 서점에 갔다가 유아용 책 코너에서 '괜찮아.' 라는 제목의 동화를 발견했다. 지면은 그림으로 채워졌고 글씨는 거의 없다. 어린아이가 눈을 커다랗게 뜨고 웃으며 개미·고슴도치·뱀·타조·기린을 차례대로 만난다. "개미는 작아. 고슴도치는 가시가 많아. 뱀은 다리가 없어. 타조는 못 날아, 기린은 목이 너무 길어." 하며 어쩌면 그들의 약점이랄 수 있는 것들을 지적한다. 그런데 그들은 "괜찮아! 영차영차 나는 힘이 세. 괜찮아! 뾰족뾰족 나는 무섭지 않아. 괜찮아! 사사삭 나는 어디든지 잘 기어가. 괜찮아! 다다다다 나는 빨리 달려. 괜찮아! 길쭉길쭉 나는 높이 닿아."라고 한다. 모두 '괜찮아!' 라는 말로 아이의 물음에 답한다. 그리고 함께 "그럼 너는" 하고 아이에게 묻는다. "괜찮아! 나는 세상에서 가장 크게 웃을 수 있어."라며 입이 귀까지 찢어질 정도로 웃는다.

"누구에게나 잘할 수 있는 무언가가 있다는 것을 믿으며, 우리 아이 하나하나가 이 세상에서 가장 소중한 존재란 것을 말하고 싶어 이 책을 만들게 되었다."는 작가의 말이 오래도록 남는다. 잘못과 약점에, 능력이 부족해 잘할 수 없는 것에 '괜찮아!' 하는 말이 내 삶에 용기·용서·격려·나눔·부축이 되어 왔다. 나도 다른 사람에게 '괜찮아!' 라는 말을 자주 해주고 싶다.♡

〈2012. 8.〉

아버지의 뒷모습

그 노인을 만난 것은 행운이었다. 어릴 적의 희미한 기억으로 이 부근을 몇 차례 와서 헤매었지만 늘 아쉬움만 안고 돌아섰다. 증조할아버지 산소는 영원히 찾을 수 없는 줄 알았다.

양지바른 산발치에 남향한 산소가 가을 햇살을 받아 따사롭다. 멀리 동쪽에는 내성천이 휘돌아 흐르고, 서쪽으로는 야트막한 산들이 겹겹이 이어져 있으며, 그 아래로 크고 작은 밭이 옹기종기 모여 있다. 가까이에 비닐하우스 몇 동이 나란히 누워 있고, 옆 고추밭에는 빨간 고추가 가을을 알린다. 뒤에는 참나무와 가시나무 등 잡목이 우거져 있고, 그 뒤로 키 큰 소나무 몇 그루가 점잖은 모습으로 내려다보고 있다. 증조할아버지는 삼십 년 이상 찾아오지 않다가 이렇게 벌초를 한다고 나타난 못난 후손을 무심히 맞이한다.

이 핑계 저 핑계로 미루어 오다가 추석 전날에야 벌초에 나섰다. 바람은 가을의 향기를 풍기고 있다. 구름 사이로 비추는 햇볕이 제법 따갑다. 삼십 여년 만에 어렵게 찾은 산소다. 지난봄에 폐허가 된 곳을 대략 손질해 봉분을 만들어 산소의 모양새를 갖추어 두었다. 여름내 자란 억새와 쑥, 가시나무 등으로 덮여 흔적만 있지 쓸쓸하고 초라하기 그지없다. 삼부자는 땀을 흘리며 열심히 풀을 벤다. 몇 시간 고생한 덕분에 봉분과 주위가 말끔하게 치워졌다. 자리를 깔고 주과를 차려 놓고 인사한다.

정성껏 재배를 올린 후 멀리 흐르고 있는 내성천을 바라본다. 고리에 멜빵을 해 양어깨에 메고 흰 두루마기 자락을 바람에 날리며 걸어가시던 아버지의 뒷모습이 아른거린다. 고리에는 묘사를 지낼 때 쓸 과일과 떡 등 제수가 들어있었다. 그 뒤를 나는 주전자를 들고 따랐다. 가끔 뒤돌아보시는 아버지의 밝은 표정에는 할아버지를 만나러 가는 기쁨이 숨어 있는 듯했다.

지난봄 그 노인은 산에 붙어 있는 밭의 둑에 불을 놓고 있었다. 샛바람에 불길이 세차다. 혼자서는 감당하기 어렵겠다는 생각이 들어, 긴 막대기를 하나 주워들고 불을 끄기 시작했다. 노인은 가까이 오지 말고 그냥 있으란다. 힘찬 기세로 타오르던 불이 주위의 마른 풀들을 모두 태우고 사그라지기 시작한다. 그때야 손에 들고 있던 갈퀴로 아직 남아 있는 불을 끈다. 서두르지도 않고 당황하지도 않는다. 도움을 주고 싶어 다가간 나는 구경꾼이 되었다. 익숙한 솜씨다. 자세히 보니 밭둑 끝과 산이 이어진 곳을 미리 태워 일정한 거리를 안전지대로 만들어 놓고 있었다.

노인은 아흔 넘은 연세에도 매우 정정하게 보였다. "혹 저 산에 있는 산소에 대해 알고 계시는 게 있습니까?" 하는 물음에 예사로이 대답했다. 저 산은 원래 전 씨 문중 산인데 지금은 윤 씨 소유다. 저기 보이는 큰 산소는 전 씨 윗대 것이다. 요즈음은 벌초하러 오는 사람도, 묘사를 지내는 사람도 본 일이 없다며 하늘을 쳐다보고 담배 연기를 내 뿜는다. 증조할아버지 산소에 대한 기억도 놀랍도록 정확했다. 저 길 끝 황산이라는 동네가 있는데 거기 사는 ○○ 씨와 친했던 분 산소다. ○○ 씨는 아버지와 의형제를 맺고 지내던 아저씨고, 내가 어릴 때 우리 집에 자주 왕래를 했었다.

내가 마지막으로 증조할아버지 산소를 찾은 것은 초등학교 육 학년 때다. 그 뒤 유학 생활이 계속되었고, 아버지께서 갑자기 돌아가셨다. 그 후로 증조할아버지께 묘사를 지낸다거나 벌초를 하는 것을 잊고 지내다가 철이 들어 산소를 찾아 나섰을 때는 정확한 위치가 기억나지 않았다.

증조할아버지 산소는 멀었다. 그때는 교통이 좋지 않아 낙동강을 나룻배로 건너 강 벼루를 돌아 가르마 같은 산길을 지나야 했다. 아버지께서는 흰 두루마기를 입은 위로 무거운 떡 고리를 메고 가면서도 발걸음이 매우 가벼워 보였다. 집에서 사십 리나 되는 길이다. 증조할아버지 기일 때나 묘사철이 다가오면 그때 아버지의 뒷모습이 더욱 또렷하게 그려진다.♡

〈2008. 3.〉

금강산 옥류동 물

작은 물병 하나 집사람에게 준다. 거기에는 금강산 옥류동 골짜기에서 흐르던 물이 들어 있다. 어머니와 아내를 생각하며 떠온 물이다. 식탁에 나란히 앉아 물을 마시며 다시 한 번 금강산을 다녀온 감회에 젖어 본다. 내자는 물맛이 깐깐해 좋다고 한다. 내 입에는 시중에서 사서 먹는 일반 식수와 큰 차이를 느낄 수 없다. 아내가 물병 뚜껑을 닫으며 남은 물은 어머니께 갖다 드린단다. 코끝이 찡함을 느낀다.

금강산의 겨울 이름은 개골산이다. 산은 온통 눈으로 덮였다. 골짜기를 흐르는 물은 꽁꽁 언 얼음 밑에 모습을 감추고 가끔 숨쉬기 위한 구멍으로 맑고 투명한 하늘을 안고 있다. 졸졸졸 콸콸콸 물소리는 들리나 물은 보이지 않는다. 크고 아름답고 모양이 기괴한 바위는 모두 금강산에 있다는 생각이다. 그 바위들이 여러 겹으로 포개지고 엉키어 동물이나 사람 모양으로 또는 다른 자연의 모습을 흉내 내며 절경을 연출한다. 바위 사이사이 한 줌의 흙이라도 있는 곳에는 금강송이 비집고 뿌리 내려 추위에도 푸름을 자랑하며 위용을 뽐낸다.

온정각에서 목련각까지는 별로 힘들지 않았다. 주변에는 붉으면서도 미끈한 금강송이 쭉쭉 하늘로 곧게 뻗어 있다. 성삼문이 '봉래산 제일봉에 낙락장송' 이라 노래한 소나무다. 남은 사진 한 장을 근거로 최근에 복원했다는 신라의 고찰 '신계사' 가 단청도 하지 않은 채 말쑥한 차림으로 서 있다. 안내원의 말로는 조계종에서 불사에 많은 도움을 주었으며 한때는 스님까지 와 있었단다. 지금은 북측 스님이 절 관리를 위해 상주한다.

목련각을 벗어나 조금 오르니 길이 얼어 아이젠을 하지 않고는 한 발자국도 옮길 수 없다. 한 발짝 한 발짝 조심하며 계곡 따라 이어진 길을 오른다. 꽁꽁 언 길이 매우 미끄럽다. 조심조심 천천히 걷는다. 가끔 뒤도 돌아보면서 아름다운 금강산의 모습을 가슴에 담는다. 날씨가 어중간해 설화가 활짝 핀 금강산의 겨울 풍광은 볼 수 없으나 흰 눈과 푸른 금강송, 검은 바위가 조화를 이루며 그려내는 그림이 발길을 옮길 때마다 새롭다.

왼쪽에 '金剛門 玉龍關금강문 옥룡관' 이라는 글자가 새겨진 커다란 바위틈으로 난 길을 지나니 지금까지 본 설경과 다른 모습이 펼쳐진다. 멀리 보이는 산들이 한 폭의 진경산수화다. 계곡은 온통 얼음으로 덮여 있다. 흐르는 물 따라 생긴 웅덩이의 얼음이 연두색으로 맑고 투명하다. 넓고 긴 이 계곡이 금강산 옥류동이다.

연세가 지긋한 안노인 한 분이 아들인 듯한 사람의 부축을 받으며 미끄러운 길을 매우 조심스럽게 내려온다. 구룡폭포를 가려다 도저히 갈 수 없어 돌아섰단다. 안노인의 얼굴에 아쉬움이 역력하다. 곁에서 부축하고 있는 사람이 뭐라 위로의 말을 계속한다. 내려가는 모자의 뒷모습을 쳐다보니 갑자기 요양병원 병상에서 온종일 누워 계시는 어머니가 생각난다. 나도 이번 여행이 어머니와 함께라면 얼마나 행복할까.

이태 전 가을이다. 금강산 옥류동 골짜기 활엽수들이 울긋불긋 물들어 따사로운 볕을 받으며 산들바람에 반짝이고 있다. 계곡 바닥에는 크고 넓은 흰 돌이 오랜 세월 물에 깎여 반들반들했다. 바위가 깊게 패어 웅덩이가 된 곳도 있다. 물이 얕은 곳은 희게 보였으나 웅덩이의 물은 연두색이다. 금강산 물은 지구에서 제일 맑고 깨끗하다고 한다. 그중에도 옥류동 물이 제일이란다. 손이라도 한번 씻고 싶었다. 어디에서 호각 소리가 났다. 북측 안내원이 물에 손을 담그는 것까지도 허락하지 않았다. 계곡 따라 굽이굽이 흐르는 물은 웅덩이를 만나

잠시 숨을 고르더니 다시 흘러갔다. 물속에 가을 금강산의 그림자와 파란 하늘이 함께 떠내려가고 있다. 정말 아름다운 풍경이다. 오늘 그때의 감흥을 재연하고자 했으나 계절이 허락하지 않는다. 얼음 덮인 골짜기에는 물소리만 정겹다.

'내려갈 때 옥류동의 물을 병에 담아가야겠다.' 어머니는 앉지도 서지도 못한다. 음식도 미음과 음료수 외는 잘 먹지 못한다. 밖 출입은 엄두도 낼 수 없다. 온종일 병상에 있다. 어머니께 금강산 옥류동 물 한 모금 드리고 싶다.

옥류동을 지나 만난 연주담, 비봉폭포, 무봉폭포의 물까지 모두 얼었다. 얼음이 맑고 깨끗해 유리처럼 투명하다. 길에 쌓인 눈이 무릎까지 빠진다. 녹지 않은 눈이 작은 알갱이로 굴러다닌다. 최치원이 '만 섬의 진주알이 쏟아지는 듯' 하다고 노래했다는 구룡폭포를 조망할 수 있는 '관폭정' 정자에 오른다. 웅장한 물줄기가 '와' 하고 요란하게 소리치며 떨어지던 폭포가 조용하다. 물줄기가 얼어 큰 얼음기둥 하나 하늘을 받치고 있다.

옥류동 물은 내 마음대로 담아 갈 수 있을까. 지난번에 왔을 때 손을 씻으려다 북측 안내원의 제지로 물에 손을 담그지도 못하지 않았는가. 더구나 지금은 계곡 전체가 얼어 물을 병에 담기가 여간 어렵지 않겠다는 생각이 든다. 북측 안내원이 제지하면 어떻게 할까.

나무꾼과 선녀의 전설이 숨어 있는 '상팔담'을 오른다. 자연이 오지 말라고 가파른 절벽이 되어 있는데 사람은 쇠로 계단을 만들어 오른다. 쌓인 눈 때문에 몹시 힘이 든다. 산 정상은 아니나 '상팔담'이란 표지석이 있고 골짜기 아래 가는 물줄기로 이어진 서너 개의 담소가 보인다. 모두 여덟 개로 되어 있으나 한 자리에서는 다 보이지 않는다. 장소를 옮겨 가면서 내려다본다. 저것 중 어느 곳에 하늘에서 내려온 선녀가 목욕하다가 나무꾼에게 옷을 빼앗겼을까. 내 생각에 저렇게 맑고 깨끗한 담소라면 어느 곳이라도 좋을 듯하다. 계절은 이맘때가 아니라 늦봄이나 여름이 아니었을까.

내려올 때 옥류동 계곡을 살핀다. 마침 얼음 숨구멍으로 물이 흐르고 있다. 계곡으로 들어가 물을 병에 담는다. 북측 안내원을 만나면 어머니의 사정을 이야기하고 인간적으로 이해를 구할 생각이다. 다행스럽게도 그들이 나타나지 않았다.

평생 한 번 가기도 어렵다는 금강산을 이번에 두 번째로 다녀왔다. 금강산이 왜 아름다운지 어떻게 아름다운지 이제 겨우 느낄 수 있을 것 같다. 그런데 마음 한편 서운하고 아쉬움이 나를 괴롭힌다. 아내가 챙겨 놓은 물병이나 들고 어머니가 계신 요양병원이나 다녀올까 보다.♡

〈2008. 2.〉

태아가 된 어머니

오늘도 아내와 함께 어머니 병실을 찾았다. 늘 하던 대로 날씨와 농촌 들녘의 풍경을 들려준다. "날씨가 매우 추워졌습니다. 나무의 잎이 단풍이 들어 곱더니 추위 탓인지 모두 떨어졌습니다. 가을걷이가 끝난 들판에는 바람이 마른 풀과 나뭇잎을 논과 밭으로 데리고 다닙니다. 노랗고 흰 국화꽃도 활짝 피었습니다." 입을 귀에 대고 큰소리로 애써 말씀드려도 무표정이다. 어머니는 조선에 없는 아들인 양 좋아하던 외아들인 나를 알아보지 못한다.

입으로 음식을 먹지 못해 코에 호스를 달아 주사기로 미음을 밀어 넣는다. 나는 그 호스의 정확한 이름을 모른다. 간병사들은 콧줄이라 한다. 입으로 음식을 먹지 못한다. 콧줄로 넣어 주는 미음으로 견딘 지 일 년이 되어 간다.

작년 12월 갑자기 원장 선생님께서 연락이 왔다. 어머니의 건강 상태가 악화하여 며칠 못 갈 것 같단다. 서울에 있는 여동생도 부르고, 가평 사는 누님께도 연락했다. 온 식구가 모여 어머니의 사후를 걱정하며 이틀을 병원에서 지냈다. 남자 형제가 없는 나는 더없이 외롭고 쓸쓸함을 느꼈다. 고향에 계시는 재종형님께 여러 가지 아쉬운 부탁도 해 두었다.

다행히 어머니의 병세가 조금씩 회복되었다. 여동생과 누님도 생활을 위해 또 다른 가족이 기다리는 곳으로 갔다. 퍼렇게 퉁퉁 부었던 얼굴이 차츰 주저앉으며 혈색이 좋아졌다. 콧줄은 그때부터 달았다.

긴 병에 효자 없다고 했던가. 나도 마찬가지다. 처음 어머니가 입원했을 때는 시간만 나면 찾았다. 물론 그때는 나를 알아보고 반가운 모습을 보여 주기도 했다. 과일·떡·빵 등을 갖고 가면 맛있게 조금씩 드셨다. 차츰 병세가 나빠지면서 지난 일에만 집착했다. 오래전 이야기를 하고 또 하며 주위 사람들을 안타깝게 하더니 나를 보고도 엉뚱한 사람의 이름을 부른다.

지금은 일주일에 한 번씩 찾아뵙는다. 간병사는 어머니의 두 손을 침대에 매어 놓는다. 나는 갈 때마다 그 끈부터 푼다. 손을 매는 것은 콧줄을 무의식적으로 잡아당겨 뽑기 때문이란다. 뽑은 콧줄을 다시 끼워 넣는 작업이 번거로울 뿐 아니라 환자가 몹시 아파한단다.

병상 침대에 양손이 묶인 체 두 다리를 태아처럼 꼬부리고 얼굴만 꼼지락 꼼지락 하는 모습을 볼 때마다 간장이 다 녹는다. 어쩌면 무의식적으로 그 모습이 보기 싫어 어머니를 자주 찾지 않는지도 모른다. 그러면서도 나는 참 이기적이다.

어머니의 고통을 생각하기보다는 내 기쁨을 먼저 찾고 있다. 아픔을 참으며 병상에서 목숨만 이어가는 당신을 생각하지 못한다. 비록 나를 알아보지 못하지만, 어머니를 볼 때마다 기쁘다. 오늘도 당신이 오래 살기를 기도한다. 불효막심한 인간이다.

관절염이 심해 / 바깥출입도 제대로 못 하는 어머니가 / 한 여름 뙤약볕을 뚫고 / 서울 막내아들 작업실을 물어물어 찾아와서는 / 방엔 들어와 보지도 않고 문밖에서 바로 돌아가셨다 / 얼굴 봤으니 됐다 // 제때 회수해 가지 않은 자장면 그릇들이 / 문밖에 어지럽게 널려 있다 //

계간지 '문장'에 '이정하가 추천하는 이 한 편의 시'에 소개된 고영 시인의 '확인'이다.

문밖에 회수해 가지 않는 자장면 그릇을 보면서 어머니께 밥 한 그릇 대접하지 못한 시인은 얼마나 가슴이 아팠을까. 관절염으로 마음대로 걸을 수 없는 몸을 이끌고 서울까지 막내아들을 찾아왔다가 삶이 어렵다는 것을 느끼고 아들에게 조금이라도 짐 되지 않기 위해 돌아서는 마음. 그것이 어머니의 사랑이 아닐까.

시를 추천한 이 시인은 "가슴이 먹먹해진다. 시는 짧지만 그 파장은 크다. 세상의 모든 자식이여, 그 무엇보다도 먼저 효자가 되자. 판사도 좋고 의사도 좋지만 먼저 효자가 되자. 그래야 세상에 나와 당신이 할 일 중에서 다한 것이라고 감히 말할 수 있다."고 했다.

어머니의 얼굴을 만져본다. 따뜻한 체온이 내 가슴으로 전해 온다. 살며시 얼굴을 대어 본다. 귀찮은 표정을 짓는다. 순간 서운한 생각이 든다. 내 몸이 이렇게 아프고 괴로운데 찾아와 아는 체 사랑하는 체 하지 말고 가만히 두기를 바라는지도 모른다. 손을 만진다. 힘없는 손으로 내 손을 꽉 잡는다. 어머니의 사랑이 내 몸속으로 전해 온다. 그것도 잠시 손을 만지는 것도 싫어한다. 세상이 귀찮고 삶이 고단한가 보다.

내 마음과 달리 찾는 사람들이 연세를 물어온다. 1912년생. '구십 여덟' 이라 답하면 놀란다. 나는 놀라는 의미를 모른다. 나이가 문제가 아니라 어떻게 사느냐가 중요하다는 생각이다. 활동하지 못하고 병원에서의 생활이 오 년째다.

오늘도 어머니 얼굴을 보면서 기쁨을 느끼는 불효를 저지르고 있다. 어머니 이 불효자를 용서하십시오. 그래도 제가 기쁨을 느낄 수 있도록 오래오래 사십시오.♡ 〈2009. 11.〉

식당에서 만난 노인

"이야기가 참 재미있습니다. 나도 좀 들어도 되겠습니까?" 얼굴이 깡마르고 턱이 앞으로 튀어나온 듯한 노인이 우리가 술을 마시고 있던 식당 옆자리에서 혼자 식사를 하고 있었다. 옆에 까만 가방을 놓고 단정히 앉아 뚝배기 그릇을 기울이며 숟가락으로 마지막 국물을 맛있게 먹는다.

"예, 좋습니다. 뭐 별것 아닌 이야기를 하고 있는데요."하는 대답에는 상관없다는 듯 우리 자리로 와 합석한다. 가까이서 보니 얼굴에 '외로움'이 묻어 있는 듯하다. 멋쩍게 웃으며 나이는 일흔아홉이고, 석 달 전에 아내를 잃었단다.

우리의 화제는 '어머니'였다. 최 선생은 나이가 일흔둘이다. 예순여덟 해를 살다 돌아가신 선비에 대한 그리움을 토로하면서, 살아 계실 때 잘 모시란다. 사람들이 자신들의 어머니 이야기를 할 때마다 선비가 보고 싶고 그리워 가슴이 메어진단다. 나를 보고 자당이 생존해 계시는 것이 부럽다면서 소주를 거푸 마신다.

이 선생은 예순여섯 살이다. 어머니의 연세가 아흔다섯으로 오른쪽 수족을 제대로 쓸 수 없어 2년 전부터 대소변을 받아내고 있다. 말이 쉬워 2년이지 솔직히 몹시 힘이 든단다. 어머니를 수발하는 아내가 안쓰럽다며 의미심장한 웃음을 짓는다. 노인 병원에 모시자는 의견에 시동생과 시누이가 있는데 어떻게 우리 좀 편하자고 병원에 모실 수가 있느냐? 그들이 먼저 말하기 전에는 절대 병원 이야기는 꺼내지도 못하게 한다면서 이러지도 저러지도 못해 답답하단다. 그러면서도 체념 섞인 말로 '살면 얼마나 더 사시겠나?' 어머니 잘 모시기가 정말 어렵다고 고개를 흔든다.

내 어머니는 나이가 아흔여덟이다. 오 년 전부터 노인 병원에 모신다. 입원하기 전에는 치매가 있어 아내와 내가 수발하느라 많은 갈등을 겪었다. 직접 병구완을 해 보지 않은 사람은 이해 못 할 어려움이 많다. 결과론이지만 그때의 선택이 크게 잘못되지 않았다는 의견을 제시했다.

6개월 전부터 입으로 아무것도 먹지 못해 코에 호스를 달아 미음을 넣고 있다. 지금은 찾아가도 내가 누구인지 알아보지 못한다. 오랜 병상 생활로 등에 여기저기 상처가 나 치료를 받고 있다. 살이란 살은 모두 빠져 뼈에 살갗만 붙었다. 바라보기가 안쓰럽다. 일주일에 한 번씩 곁에서 얼굴만 쳐다보다 온다. 삶이 얼마나 고통스러울까. 살아 있어도 산 것이 아니다. 내 판단에는 아무리 의술이 좋아도 전처럼 건강이 회복되기는 힘들 것 같다.

어머니의 웃음을 못 본 지가 오래다. 애처롭다. 불쌍하다는 생각밖에 들지 않는다. 사람들은 어버이가 돌아가시고 나면 살아생전에 잘 해 드리지 못한 일을 한으로 삼는데 나는 어머니가 계시는 데도 아무것도 못 해 드리고 있다. 내가 무능한 것인지 인간으로서 한계인지 해답을 찾을 길 없다.

내 어머니에 대한 이야기에 분위기가 숙연해졌다. 요약하자니 간단한 것처럼 보이나 우리는 한 시간 이상이나 이 문제를 두고 서로 '맞다'고 맞장구를 치기도 했고, 그건 아니라고, 잘못된 생각이라고 왈가왈부도 했다.

옆 좌석 노인은 아무 말도 없이 우리 이야기를 듣고 있더니 자신도 아들딸 다섯 남매가 있으나, 처와 둘이 살다 지금은 혼자 끼니를 끓여 먹고 있다며 한숨을 쉰다.

이 선생은 노인께 나도 어머니 모시고 있지만 자식 믿을 것 아무것도 없다면서 갖고 계신 재산 있으면 죽을 때까지 자식들 주지 말고 잘 챙겨야 한다고 한다. 듣고 있던 노인의 얼굴이 약간 긴장되고 있는 듯 보였다.

최 선생은 노인께 오늘 왜 혼자 식사를 하느냐 물으면서, 친구들과 같이 드시면 얼마나 좋습니까? 친구들을 위해 돈을 좀 쓰란다. 여유가 있으면 주위의 어려운 이웃을 위해 많이 베푸십시오. 앞으로 여생을 즐겁고 보람 있게 보내기 위해서는 돈을 쓸 줄 알아야 한다고 강조한다. 노인은 "뭐 그렇게 쓸 돈이 있나, 많이 베풀면 좋기는 좋지만 …." 허허하며 천장을 쳐다보고 웃는다.

나도 한마디 거들었다. 만약 자식들이 어르신을 섭섭하게 하는 일이 있다면 당당하게 불러 이야기하십시오. 아이들이 알아서 하겠지 하고 기다리다간 하 세월이다. 자식들이 아무리 효자라도 어르신 마음 알아서 돌볼 수 없다. 요구할 것이 있으면 요구하고, 잘못이 있으면 그때그때 호되게 나무라야 한다. 어르신 마음이 자식들에게 전달될 수 있도록 가르쳐야 한다고 했다. 노인이 갑자기 눈에 힘을 주며 "말한다고 들어줄까?" 들릴 듯 말듯 혼자 중얼거린다. 마지막 소주잔을 기울이며 심심하기도 하고, 이야기가 재미있어 염치없이 좌석에 끼어들었다며, 잔을 놓고 안주도 들지 않고 손으로 입을 쓱 문지른다. 세상을 살아도 우리보다 더 많이 살았는데. 우리는 세 사람이고 노인은 혼자라고 너무 호기를 부린 것이 아닌지. 부슬부슬 내리는 장맛비 속에 작은 체구를 우산에 숨기고 걸어가는 뒷모습이 쓸쓸해 보인다.♡ 〈2009. 10.〉

염사의 위안

임진년 들어 가장 춥던 날 당숙모가 돌아가셨다. 추운 날씨가 산 사람과 죽은 사람의 이별을 더욱 가슴 아프게 했다. 입관하는 날 염사는 염을 끝낸 후에 망인에게 고했다. 후손들의 불행은 돌아가신 이가 모두 가져가 남은 사람이 사는데 아무런 근심 걱정 없게 해 달라고…. 죽은 사람은 아무 대답이 없는데 산 사람은 한껏 마음의 위안을 받았는지 시신 위에 돈을 놓고 절을 한다. 입관이 끝나자 염사는 당연하다는 듯 시신 앞에 놓인 돈을 모두 챙겼다. 나도 당숙모의 극락왕생을 빌었다.

돌아가시기 한 주 전이다. 고향 어머니 산소를 다녀오다 당숙모가 생각나 찾았다. 내 손을 잡으며 눈에 눈물을 글썽이며, "왔나." 어눌한 발음으로 반가움을 표시한다. 우리 집안은 일가친척이 많지 않아 고향에서 이웃하고 살 때는 참 다정하게 지냈다. 어머니의 정이나 당숙모의 정이나 차이를 느끼지 못할 정도였다. 오랜만에 만나 내게 무엇인가 열심히 말씀하고 있으나 내용 전달이 확실하지 않아 대략 짐작으로 대답하니 "그래, 그래." 하며 웃는다. 긴 병에 효자 없다고 했는데 깨끗하게 치워진 방이 제수씨의 당숙모에 대한 마음 씀을 대신하고 있다.

이십 육칠 년 전쯤이다. 재종제로부터 급한 연락이 왔다. 당숙모가 입원했단다. 급히 병원을 찾으니 중풍으로 의식을 잃고 있었다. 밤이 지난 후 이튿날 바로 수술에 들어갔다. 발달한 현대의학 덕분에 수술이 잘되어 생명은 건질 수 있었으나 그때부터 불편한 몸으로 고달픈 삶을 영위해 왔다. 한때는 건강 상태가 많이 회복되어 지팡이에 의지한 채 집 앞 골목길을 둔하게 뒤뚱거리며 다니기도 했으나 많은 세월을 방에서만 지냈다.

오랜 세월 중풍 후유증으로 앓고 계시는 당숙모를 모시느라 재종제 내외는 많은 사람이 다녀오는 외국여행 한 번 편히 다녀올 수 없었고, 부부 모임에서도 다른 사람보다 일찍 자리에서 일어나야 했다. 그간 외아들로 태어난 것을 운명으로 받아들이며 당숙모 모시기에 정성을 다했다. 특히 제수씨의 극진한 시어머니 시중에 이웃이 감동해 대구시장으로부터 효부로 표창을 받기도 했다.

고향을 지키고 있는 재종 누이는 어머니를 뵈러 올 때마다 오빠와 올케의 고생하는 모습을 보고 안타까워했다. 가끔 심하게 아픔을 호소하며 식구들 정신을 못 차리게 하는 당숙모님께 “엄마 이제 오빠, 올케 그만 고생시키고 아버지 곁으로 가요.” 하며 감히 딸이기에 할 수 있는 말로 오빠와 올케를 위로하곤 했다. 인명이 재천이라 어디 죽고 싶다고 죽을 수 있는 것도 아니고, 딸이 죽으라 한다고 죽은 것도 아닌데 돌아가시고 난 뒤 그 말이 걸린다고 울며불며 목이 멘다.

얼마 전 어느 병원 간호팀장으로부터 ‘호스피스 대상자의 심리 및 영적 간호’ 란 강의를 들은 일이 있다. 호스피스 철학은 ‘환자와 가족을 사랑으로 돌보고 지지한다. 남은 생을 편안하고 충만하게 살도록 돕는다. 삶을 연장하거나 단축하지 않는다. 죽음을 삶의 한 과정으로 보고 긍정적으로 수용하도록 돕는다.’ 라고 했다. 또 그들은 질병은 치료할 수 없지만, 증상은 치료할 수 있다고 했다. 재종제 내외는 전문 호스피스보다 더 잘 모셨다는 생각이다. 당숙모를 사랑으로 편안하게 천명을 다할 수 있게 돌봤다. 염을 할 때 웃는 듯한 모습이 평화로웠다.

장사 날도 몹시 추웠다. 아침 일찍 발인제를 지내고 고향 선영의 당숙 무덤 곁으로 갔다. 세월의 흐름에 따라 풍속이 변한다더니 옛날에 비하면 장사 지내는 일이 참 편리해졌다. 상두꾼도 없고 사역하는 사람도 몇 안 된다. 대신 굴착기가 와 일하고 있다. 시신을 안장할 터도 파고 묘지 주변 정리도 기계가 한다. 일은 빠르게 진행되었다. 추위에도 장지까지 찾아온 몇 사람의 문상객을 맞이하고 곧 하관했다.

시신이 들어가기 알맞게 판 구덩이에 당숙모를 누이고 재종제가 부드러운 흙으로 머리, 가슴, 발쪽을 덮었다. 상제가 오열하고 문상객이 슬퍼하는 가운데 굴착기에 달린 큰 삽이 흙을 담아 묻고 다지고를 반복하더니 봉분이 만들어진다. 준비된 상석까지 놓고 난 뒤 제사를 지내고 산에서 내려왔다.

죽음은 해가 뜨고 지는 것처럼, 풀과 나무가 봄이면 새싹이 돋고 가을이면 마르는 것처럼 시간의 흐름에 따라 순환하는 자연과 다름이 아닌가 보다. 당숙모를 산소에 모시고 돌아오는 마음이 참으로 착잡하다. 아버지 세대의 끝이 아닌가. 다음은 우리 세대다. 윗세대의 삶의 가치 유무를 생각하기보다 우리의 현재 삶을 위해 이십 수년을 중풍 후유증으로 고생하다 돌아가신 당숙모께 후손들의 모든 불행은 돌아가신 이가 가져가 남은 사람이 사는데 아무런 근심과 걱정이 없게 해 달라고 한 염사의 말에 위안을 받을 수밖에 없는 현실이 앞을 가로막는다.♡

〈2012. 1.〉

강물은 그냥 흐르는 물이 아니다

― 삼강주막에서 ―

시골 길가에서 밥과 술을 팔고, 돈을 받고 나그네를 묵게 하는 곳이 주막 또는 주막집이다. 사극영화나 소설 속에만 존재하는 주막이 내 고향 강가에 있다. 안동에서 흘러오는 낙동강에 예천의 내성천과 문경의 금천이 몸을 섞는 삼강마을에 있다. 우리나라에서 마지막 남은 정통 주막이다.

삼강마을이 있는 예천 풍양면은 낙동강을 삼면에 끼고 있다. 지금은 면 소재지를 중심으로 사방에 다리가 놓여 타지로의 출입이 자유로우나 육칠십 년대에는 육지 속의 섬으로 교통이 불편했다. 삼강마을은 면 소재지에서 이십 리나 떨어진 오지로 재라고 불리는 산의 고갯길을 둘이나 넘어야 했다. 어릴 때 걸어 다니기엔 꽤 멀었다.

'한 배 타고 셋 물 건넌다.' 는 삼강마을은 낙동강 하류에서

강을 타고 오르던 길손이 북쪽 육로로 가는 큰 길목이었다. 또 하류에서 거두어들인 온갖 곡물과 화물이 배에 실려 올라와 바리 짐으로 바뀌고 다시 노새의 등이나 수레에 실려 문경새재를 넘어가던 종착역이기도 했다. 여기서 낙동강 줄기를 따라 더 올라가면 안동댐을 지나 강원도 땅으로 연결된다.

안동댐이 건설되기 전에는 강의 너비가 오백 미터가 넘었고, 서울로 소 장수 가는 소몰이꾼들이 나룻배에 소를 싣고 건너기도 했다. 지금은 자동차가 마음대로 다닐 수 있는 다리가 놓여 배는 사라졌다. 조선 후기까지만 해도 낙동강을 오르내리던 소금배가 이곳 나루에서 물물교환 했단다. 나는 강변에 서서 넓은 백사장의 흰 모래만큼이나 순박하게 살았을 민중들의 삶의 숨결을 느낀다. 잔물결 일으키며 말없이 흐르는 강물이 삶은 평탄한 것이 아니라 작고 큰 변화 속에 즐거움과 슬픔이 숨어 있다고 속삭인다.

모처럼 고향에 있는 삼강주막을 찾았다. 내 기억과 일치하고 있는 것은 회나무와 뒷간뿐이다. 그때 회나무는 주막의 수호신인 양 뒤란 북편 강둑 아래 외롭게 서 있었고, 나무 그늘 밑 평상에는 술상을 마주하고 있는 길손이 보였다. 뒷간은 뒤란 서편에 싸리나무로 울을 하고 있었다. 사용하지는 않으나 지금껏 그 자리에 보존되고 있다.

세월이 많이 흐른 것 같지 않은데 변한 것이 많다. 강에는 현대식 다리가 놓여 있고 달구지가 억지로 다니던 길은 자동차가 왕복으로 달리는 포장도로가 되었다. 허술하게 보이던 강둑은 아무리 비가 많이 와도 물이 넘치지 않도록 제방을 튼튼하게 쌓아 놓았다. 연기에 시꺼멓게 그을린 슬레이트가 군데군데 갈라져, 보는 사람을 불안하게 하던 주막의 지붕도 이엉을 얹어 초가지붕으로 말끔히 정비되어 있다.

문화재해설사는 주막의 구조가 참으로 편리하게 되어 있다고 한다. 보통 시골의 작은 집을 '초가삼간'이라 하는데 여기 주막은 그보다 작은 '초가 두 칸'이란다. 방 두 칸에 부엌과 툇마루로 된 '두 칸 겹집'이다. 방마다 문이 사방으로 나 있어 길손이 서로 불편 없이 들락거릴 수 있게 되어 있다. 툇마루는 취객이 방에서 술 마시는 다른 손님을 피해 잠시 쉴 수 있는 공간이란다.

큰방에는 다락이 있고 그곳은 언제나 닫혀 있었단다. 길손이 수시로 드나드는 방에 주모의 귀중품이나 여자로서 간직해야 할 물건을 두는 공간으로 활용되었다는 말에 수긍이 간다. 부엌도 문이 네 군데다. 어느 방에서나 주객酒客이 술을 달라면 주모가 부엌에서 바로 줄 수 있단다. 출입문이 한쪽으로만 나 있다면 길손의 술 시중을 종일 들어야 하는 주모의 다리가 떨어지지 않았겠나 하는 말에 웃음이 났다.

부엌 벽에 칼로 긁은 흔적의 빗금이 외상장부란다. 짧게 우상 좌하로 하나 그어 놓은 것은 대포 한잔의 외상 표시고, 길게 그어 놓은 것은 술 한 되를 말하며, 그 위에 다시 좌상 우하로 그어 놓은 것은 외상을 받았다는 표시란다. 글과 숫자를 배우지 못한 주모의 상형문자다. 여기에는 주모뿐 아니라 배우지 못한 가난한 민중의 삶의 지혜가 담겨 있다.

내 기억 속의 마지막 주모 유옥연(2005년, 90세로 작고) 할머니는 몸뻬를 입고 담배를 물고, 가난에 찌든 표정으로 처마 밑이나 땔감으로 마련해 놓은 나뭇가리 옆에 쪼그리고 앉아 있었다. 세상의 고생을 혼자 다하는 듯 고달픈 눈으로 하늘을 멍하게 바라보던 모습이 눈에 선하다. 그것은 주모만의 인생이 아니라 당시를 살아가던 민중의 가난한 삶이란 생각이다.

주막 뒤 회화나무 옆에 선 두 그루의 나무는 시무나무다. 어릴 때 어른들이 이 나무의 어린잎을 따는 것을 본 일이 있다. 보리가 익기 직전의 봄에는 먹을 것이 없었다. 묵은 곡식은 거의 떨어지고 보리는 아직 여물지 아니하여 농촌의 식량 사정이 가장 어려운 시기다. 이때를 '보릿고개'라 했다. 이를 이겨 내기 위한 삶의 방법이리라. 나뭇잎을 밀가루나 보드라운 보리쌀 겨에 버무려 쪄 먹으며 춘궁기를 보냈다. 문화재해설사도 이 부분은 언급하지 않아 지나가는 말로 물으니 잘 모른다고 했다.

많은 사람이 붐빈다. 입소문을 타고 찾아온 관광객이다. 주막과 보부상 숙소로 복원해 놓은 곳에 서너 명씩 짝지어 앉아 음식과 술을 먹는다. 옷차림도 화려하고 웃음소리도 행복하다. 그런데 어딘가 어색하고 부족함이 느껴진다. 그렇다. 주객酒客은 많으나 '사람 냄새'가 나지 않는다. 무엇을 찾아 여기까지 왔는지 가늠하기가 어렵다. 강물은 여기가 아니라도 얼마든지 볼 수 있다. 막걸리와 파전, 두부도 관광지마다 있다. 여기서 먹는 술과 안주에는 옛 보부상이나 과거를 보러 가던 선비의 애환이 담겨 있다. '사람 냄새'가 풍기는 음식이다. 나는 '주모, 한 상 주이소'를 시켜 놓고, 막걸리와 부두·파전·묵을 먹으며 옛사람들의 향기와 맛, 삶의 진실을 음미했다.

제방에 올라 강물을 바라본다. 여기쯤 있어야 할 나룻배가 없다. 사공은 언제나 주막 부근에 있었다. 사람을 모아 배를 띄웠다. 배에는 나그네의 괴나리봇짐, 소나 닭 등 집짐승, 패랭이를 쓴 보부상, 두루마기에 도포까지 입고 갓을 쓴 양반까지 함께 탔다. 강을 건너는 동안은 모두가 한목숨이다. 이때는 배 부리는 사람이 가장 권위가 있다. 신분의 고하와 관계없이 사공의 말을 잘 들었다. 거기에는 생명이 담보되어 있고 돌아올 때 다시 타야만 하기 때문이리라.

강물에 많은 추억이 담겨 흐른다. 여름철 홍수가 날 때는 황토물이 강가에 있는 전답을 메웠다. 속절없이 자연의 힘에

당할 수밖에 없는 아버지의 안타까워하던 모습이 보인다. 멍하니 하늘을 쳐다보고 비가 그치기를 기다리며 연방 담배를 피우며 한숨짓던 아버지. 붉은 황토물이 빨리 빠져나가지 않으면 농사를 망치고 만다. 그때 담배가 타들어 가듯 아버지의 마음도 타지 않았을까?

잘 정비된 나루터 제방에서 바라보는 강물은 그냥 흐르는 물이 아니다. 내 어릴 때의 꿈이 있고, 아버지의 가난했던 고단한 삶이 흐른다. 살기 위해 장돌뱅이가 되어 여기저기 다니며 호구餬口를 걱정하던 보부상의 애환이 있다. 과거시험에서 장원급제를 꿈꾸던 선비의 염원도 흐른다. 한밑천 잡아 잘 살아보겠다고 서울까지 먼 길을 소와 함께 걷던 소장수의 지친 모습도 보인다. 강물이 혼자 지키기에 외로워할까 봐 회화나무가 친구 되어 바람에 두 팔을 흔들며 웃고 있다. 오늘은 그 곁에 나도 서 있다. ♡

〈2013. 8.〉

3부
공空 그리고 무無

공空 그리고 무無

영주 부석사다. 일주문까지의 길이 운치가 있다. 길바닥이 자연석으로 된 박석으로 울퉁불퉁 고르지 않다. 포장된 길에 길들어진 탓일까. 걷기에 좀 불편하다. 길 양쪽으로 은행나무가 줄지어 서 있고, 길옆 밭에는 사과나무, 인삼, 고추가 자라고 있다. 과수원 탱자나무 울타리에 대롱대롱 달린 콩알보다 조금 굵은 초록 열매가 정겹다. 가을이 되면 스님이 은행 터는 모습을 볼 수 있단다. '은행 터는 스님' 생각하니 우습다.

부처님의 모습이 틀림없다. 다섯 분이 나란히 있다. 크기도 똑같고 형상도 다르지 않다. 이 층으로 된 안양루 위층에 걸려 있는 현판을 중심으로 바라보는 방향에 따라 왼쪽에 세 분 오른쪽에 두 분이 되기도 하고, 왼쪽에 두 분 오른쪽에 세 분으로 보이기도 한다. 문화재해설사는 저 부처님의 형상이 보이지 않는 사람은 불심이 약하든지 마음속에 좋지 않은 생각을 품고 있단다. 다행히 나는 불상의 형상을 분명히 봤다. 아니 내 눈에 보였다. 적어도 마음속에 나쁜 생각은 품지 않는 것이 증명된 셈이다. 괜히 기분이 좋다.

안양문이란 현판이 걸린 안양루 밑으로 난 돌계단을 올라 무량수전 마당에 들어섰다. 배흘림기둥 여섯이 법당의 팔작지붕을 받치고 있다. 흐릿하게 빛바랜 단청이 건물의 예스러움을 돋보이게 한다. 뜰에 올라 무량수전 앞으로 펼쳐진 산을 바라본다. 장관이다. 일망무제다. 아득히 안갯속에 봉우리를 드러내고 있는 산·산·산. 산들이 무량수전을 향해 달려오는 느낌이다. 양팔을 벌리고 산을 품에 안아 본다. 몇 번의 반복에도 손에 잡히거나 팔에 안기는 것은 없다. 허공이다.

안양루의 불상을 확인하기 위해 가까이 가 본다. 부처님은 어디에도 찾을 수 없다. 누의 지붕을 받치기 위한 도리 위의 공포만 질서 정연하게 포개져 있다. 공포 사이사이의 공간이 범종각 앞 석탑 오른쪽에서 쳐다본 불상이란다. 머릿속의 착각일 수도 있고 착시 현상일 수도 있다.

'공空·무無' 불교의 경전에 많이 나오는 글자다. 실존하는 불상, 실존하지 않는 불상, 어느 것이 더 진실 된 불상일까. 멀리서 볼 때는 실상으로 보였는데 가까이 와서 확인하니 허상이다. 불상이 눈에는 보이지 않는데 마음속에는 오래 머물고 있다. 불교에서는 어떻게 해석되고 있는지 모르나 '공空·무無' 두 글자가 자꾸 생각난다. 앞으로 남은 삶에 눈에 보이는 흔적만 중하게 여길 것이 아니라 보이지 않는 자취가 더 소중할 수 있다는 생각이다.

무량수전 동편 숲 속으로 다니기 불편한 돌계단 길이 있다. 계단의 돌이 크기도 다르고 모양도 다르다. 제 마음대로 자기가 편리한 곳에 자리를 잡고 있다. 굴러가지 않으려고 흙 위로 드러난 나무뿌리와 서로 손을 잡은 것도 있고, 서로 살을 맞대고 불안하게 붙은 것도 있다. 그래도 돌들은 자신이 해야 할 일이 무엇인가를 아는 듯 수많은 관광객이 다니기 좋도록 편의를 준다. 갈지자로 된 오르막길을 한참 오르니 맞배지붕을 한 조그마한 사당이 보인다.

조사당이다. 부석사를 창건했다는 의상대사의 진영眞影이 있는 곳이다. 관심을 끈 것은 보물로 지정된 벽화보다 출입문 오른편 봉당 철망 속의 골담초다. 안내판에는 '선비화'로 의상대사가 쓰던 지팡이를 꽂아 두었더니 뿌리가 나고 잎이나 꽃을 피우며 살고 있다고 한다. 철망의 틈이 좁아 주황 색깔의 꽃을 자세히 볼 수 없어 아쉽다.

골담초는 조사당 처마 안쪽에 자리 잡아 비도 이슬도 맞을 수가 없다. 그 신비감이 많은 관광객의 눈길을 끈다. 나무를 보호하려고 주위를 철망으로 막아 놓았다. 보기에는 보호하는 것이 아니라 철망 속에 가두어 놓은 느낌이다. 사는 자리의 열악함에다 철망까지 쳐 답답함을 더한다. 골담초 입장에서는 보호받는 것이 아니라 세상 모든 것이 철망 속에 있는 것으로 생각할 수도 있겠다.

안양루 처마 밑 도리 위의 공포 사이로 본 불상과 조사당의 골담초가 오래도록 머리에 남는다. 불상은 허공으로 존재하고, 골담초는 자연의 일부로 살아간다. 허공이 불상으로 봐달라고 하지 않았으며 골담초가 철망으로 보호해 달라고 하지 않았다.

내게 주어진 일이나 겪는 일을 하나의 자연이나 자연의 현상처럼 가만히 두고 관조하는 연습을 해야겠다. 지금 아프게 겪고 있는 심각한 문제가 다른 사람도 비슷하게 겪는 작은 걱정거리의 하나일 수 있다. 너무 크게도 작게도 보지 말고 있는 그대로 봐야겠다. 그 어느 것도 어떤 가치를 부여하며 봐달라는 요구를 하지 않는다. 공空·무無란 말의 의미가 막연히 다가온다.

은행 터는 스님을 보러 올가을 부석사를 다시 들러야겠다.♡

〈2012. 6.〉

향일암, 그리고 삶의 여유

누군가 여행은 창조이며, 희망이며, 행복이라고 했다. 그리고 또 어떤 이는 여행은 낯선 곳에서 다른 사람이 먹던 숟가락으로 밥을 먹고, 다른 사람이 덮던 이불을 덮고 자는 일이라고도 했다. 숲생태해설가의 나들이는 전문 여행가나 여기를 즐기기 위해 떠나는 여행과는 다르다. 현장 답사를 통해 숲해설가로 능력을 키우는 것이 우선이다. 그러나 낯익은 곳에서 벗어나 멀리 낯선 곳을 다녀온다는 의미에서는 일반 여행과 비슷한 느낌을 받는다.

매달 한 번씩 다녀오는 현장답사는 심화학습을 겸한 나들이로 숲생태해설가로서 자질 함양에 도움이 된다. 여수 향일암과 오동도다. 푸른 다도해의 아름다움도 감상하고 난대식물의 숲 생태도 관찰할 예정이다. 매번 팀별로 돌아가며 나들이를 운영해 왔다. 이번에는 내가 속한 팀이 맡았다. 아침 일곱 시 삼십 분 예정대로 출발했다. 답사지에 대한 기대, 함께 가는 동료들과의 즐거움, 차창에 비치는 초가을 풍경이 마음을 들뜨게 한다. 원만한 답사를 위해 한 달 전부터 준비했으나 현지의 숲 생태에 대한 정보 부족은 여전히 숙제로 남았다.

날씨는 최상이다. 따사로운 햇살이 차창을 비춘다. 멀리 보이는 산에는 나무와 풀들이 가을을 준비하는 듯 한여름의 푸름과 빛깔이 다르다. 들판에는 누른 벼 이삭이 영그느라 분주하고 산비탈에 자리 잡은 작은 밭뙈기에는 콩이며 고추가 여문다. 드문드문 보이는 배추와 무도 길차게 자라 풍요로움을 더한다. 이어지는 들녘의 풍광이 가을 그림이다.

여수에서 돌산대교를 지나 금오산 주차장에 도착했다. 높아진 푸른 하늘과 서늘한 바람이 우리를 반긴다. 진녹색의 숲이 우거진 능선을 따라 향일암을 찾아간다. 풀과 나무로 덮인 산길이 미로를 만들기도 하고 갑자기 다도해의 모습을 보여주기도 한다. 일행은 앞서거니 뒤서거니 하면서 길가에 핀 가을꽃을 관찰하기도 하고, 낯선 나무의 이름을 서로 묻기도 한다. 주름조개나물·며느리밥풀·며느리밑씻개·박쥐나물 등 별난 풀이름에 소리 내어 웃기도 하고 소사나무·광대싸리·굴비나무·예덕나무·비목나무·까치박달나무 등의 특징을 찾아 공부도 한다.

이리저리 낯선 길이 헷갈릴 때면 먼저 다녀간 사람들의 발자취가 고맙다. 산길이 지루할 때쯤이면 멀리 산 아래로 짙은 푸른색의 바다가 마음을 달랜다. '해를 바라본다' 는 뜻을 지닌 향일암 가는 길이 험하고 힘들다. 이름이 예사롭지 않은 암자이니 쉽게 그 모습을 보여주지 않을 모양이다. 일행은 앞서 가고 맨 뒤에 최 선생님과 함께 남았다. 그는 나보다 나이도 많고 몇 년 전에 위암을 앓았다. 다른 일행이 기다리니 먼저 가라고 독촉을 하나 함께 보조를 맞추어 걷는다.

"내가 이렇게 천천히 가는 것이 무리하다가 다치는 것보다 동료에게 피해를 적게 주는 것이다." 무릎을 치게 하는 철학이다. 내심 최 선생님이 좀 더 빨리 가기를 바라고 있지 않았는가. 삶의 연륜이 숨어 있는 말씀을 되새기며 '그래, 빨리 가는 것만이 좋은 것이 아니다. 우리 일행은 좀 느리더라도 안전하게 가는 것이 제일이다.' 하는 생각을 하며 걷는다. 금오산 정상 323Km란 표지석을 지난 후부터 시작되는 계단 길에서는 더욱 자세를 낮추며 조심조심 내려왔다.

향일암 들어가는 바위틈 길이 이색적이다. 큰 바위가 서로 의지하며 틈을 내어 만든 길이 두 사람이 나란히 갈 수 없을 정도로 좁다. 아무리 급해도 한꺼번에 빨리 갈 수 없도록 만들어진 자연석 바위틈 길이 내 마음을 달랜다. 행복한 삶에는 바쁠수록 천천히 가야 한다고……. 시간이 지체되어 급해지던 마음에 여유가 생긴다.

향일암은 전남 여수시 돌산읍 금오산에 있는 암자로 전라남도문화재자료 제40호다. 안내문에 의하면 서기 644년 신라 선덕여왕 13년 원효대사가 원통암圓通庵으로 창건했으나, 고려 광종 9년 (958년) 윤필대사가 금오암金鼇庵으로 개칭했고, 다시 남해의 수평선에서 솟아오르는 해돋이 광경이 아름다워 조선 숙종 41년(1715년) 인묵대사가 향일암이라 불렀다. 그러나 현재의 건물은 1986년에 지어졌으며, 불행하게도 2009년 12월에 불이나 대웅전, 종무소, 종각을 태웠단다. 경내에는 대웅전과 종각 등의 복구 작업이 진행되고 있다.

관음전 앞에서 바라보는 남해의 모습이 장관이다. 맑고 푸른 가을 하늘 아래 펼쳐진 다도해가 더욱 푸르다. 섬 사이로 보이는 수평선이 내 마음을 정화한다. 마음속 갈등과 물욕이 파도를 타고 멀리멀리 떠난다. 푸른 하늘과 바다가 영겁의 세월을 이어 왔지만, 아직 하늘과 바다일 뿐이라며, 백 년도 못 사는 인간은 아무리 발버둥 치고 애를 써도 인간일 뿐이란다. 내가 태어날 때 갖고 온 순수함이나 잃지 않고 살라고 한다. 곁에서 바다를 바라보는 동료들의 모습이 진지하다. 모두 무슨 생각을 하고 있을까. 멀리서 푸른 파도 소리가 들려오는 듯하다.

사정이 허락한다면 향일암에서 밤을 보내고 싶다. 하늘에는 별들이 쏟아지고, 해안가에는 파도가 부딪치며 하얀 포말을 일으킨다. 먼 바다에는 고기잡이배 한 척 외롭게 빨간 불빛을 비추며 서서히 살아진다. 가끔 바람 따라 들려오는 풍경소리 들으며, 살아온 시간과 살아갈 삶의 모습을 그려본다. 벌써 생의 끝자락에 와 있다고 하고 싶은 일, 보고 싶은 것, 가고 싶은 곳, 갖고 싶은 물건 등 희망, 혹은 새 출발이란 말과 연결되는 모든 것을 포기하고 있는 것은 아닌지. 인간이란 고독의 순간에 가장 순수해질 수 있다고 하지 않는가.

무덤덤한 일상에서 삶을 돌아본 하루다.♡

〈2011. 9.〉

봄비

봄비가 내린다. 일행과 만나기로 한 임휴사 입구의 시멘트 포장도로가 촉촉이 젖어 있다. 절에서 들려오는 염불 소리가 처량하다. 비가 메마른 내 마음을 적신다. 마른 나무가 불붙기 쉽듯이 메마른 마음은 주위의 작은 일에도 상처를 받고 괴로워한다. 기분이 가라앉는다. 주위의 분위기가 차분하다.

봄비를 맞으며 앞산 자락길을 걷는다. 발에서 전해오는 진흙 길의 촉감이 부드럽다. 낙엽이 쌓인 곳에는 발걸음 소리가 자박자박 난다. '봄'이란 단어 속에는 '희망'이란 말이 숨어 있다. 괜히 가슴이 울렁이며 무엇인가 이루어질 것 같다. 길은 이미 많은 사람이 다녔다. 숲이 우거진 산자락에 흑갈색의 흙을 들어내고 있다. 지난가을에 떨어진 낙엽도 모양을 찾을 길 없다. 무덤이 있는 양지쪽에 양지꽃 싹이 파랗게 고개를 내밀고, 산수유 가지 끝에는 샛노란 꽃봉오리가 맺혔다. 함께 걷고 있는 지인들의 가슴에도 봄과 함께 희망이 가득 피어나기를…. 그 희망이 아름다운 열매로 익어가기를 기원해 본다.

지렁이 한 마리가 길옆 낙엽에서 나와 꿈틀거린다. 아직은 추운지 몸을 결사적으로 움직이며 기어간다. 봄비가 그를 땅속에 가만있도록 하지 않았구나. 지금껏 지낸 곳보다 더 좋은 삶의 터를 찾아가는 것일까. 내 보기에는 방금 나온 곳과 기어가고 있는 자리가 별로 다를 것 같지 않다. '살아 있다는 것, 산다는 것이 이런 것이구나.' 하고 있을 때 옆 동료가 지나가면서 밟는다. 지렁이는 죽었는지 한 번 크게 꿈틀하더니 기어가기를 멈춘다. 순간 죽는 게 살기보다 훨씬 쉬울지도 모른다는 생각이 머리를 스친다.

나목도 봄이 왔음을 세상에 알리고 싶은가 보다. 봄비를 맞으며 새순을 틔우기 위해 양팔을 힘껏 벌리고 있다. 조금만 더 기다리자. 비가 그치고 햇볕이 좀 더 따뜻해지면 연초록의 이파리를 달고 산들바람에 곱게 춤을 추겠지. 비의 양이 제법이다. 키 큰 나무의 껍질에 물방울이 굴러 내린다. 빗방울은 땅속으로 스며들어 숨기도 하고, 지난가을 떨어진 낙엽 위에 잠시 머뭇거리다 제 무게를 이기지 못해 흙을 찾기도 한다. 나무뿌리에서 빗물 빨아들이는 소리가 들리는 듯하다.

봄비 맞으며 봄을 기다리는 나목과 봄 마중 나왔다가 밟혀 죽은 지렁이를 생각해 본다. 삶이 아이러니하다. 우산을 뒤로 재치고 비를 맞으며 큰소리로 외쳐 본다. '알라 오 악바르(Allah-o-Akbar)' [4] 빗물이 얼굴을 타고 목으로 내려온다. 내 삶의 여정과 상관없이 위에서 아래로 흘러내린다. 우주가 생긴 이래 멈춘 적이 없는 시간처럼 끊임없이. 좀 지나면 바람이 구름을 몰고 가 비가 그치고, 푸른 하늘에서 태양이 나타나 따뜻한 햇볕을 쏟아 붓겠지.

사람은 다 거기서 거기다. 절대로 자신의 마음을 그대로 말하지 않는다. 스스로도 잘 모르기 때문이다. 나도 내 마음을 알지 못한다. 아침에 집을 나설 때 봄비를 원망하지 않았는가. 지인들과 함께하는 지금은 즐겁다. 시간과 장소의 변화에 따라 엄청나게 흔들린다.

마음이 벅차다. 나목에서 떨어지는 빗소리가 음악처럼 들

---

4) 알라 오 악바르(Allah-o-Akbar) : '신은 위대하다' 는 아랍어.

린다. 전에는 비 오는 날의 숲길이 으슥하고 적막했다. 일행과 조금 처져 길가의 나무들을 살핀다. 빈 가지를 부지런히 적시고 있다. 이제 곧 새순이 돋겠지,

봄비가 향긋한 냄새를 실어온다. 산다는 건 알다가도 모를 일투성이다. 잘 살아야 하고, 행복해야 한다는 욕심에 늘 어둡고 무겁던 마음이 가벼워진다. 모든 게 젖어 있어 불편하지만, 자연이 생명의 불꽃을 지피고 있지 않은가. 불편하게만 느껴지든 비가 대수롭지 않다. 봄비 속에 봄이 소리 없이 다가오고 있다.♡

〈2012. 5.〉

소록도의 애화와 비원

소록도에 간다고 했을 때 멈칫했다. 그곳은 천형이라는 대풍창에 걸린 사람들이 산다. 철없을 때 본 그들은 손발이 정상이 아니고 얼굴이 일그러지지 않았던가. 한센환자가 거의 없어진 지금까지도 그들에 대한 이해가 부족하다. 남을 사랑하고 이해한다는 것이 참 어렵다는 생각에 얼굴이 화끈하다. 나이가 부끄럽다.

버스가 도착한 병원 앞에는 얼굴에 핏기라고는 볼 수 없는 나이 많은 환자 몇이 볕을 쏘이고 있다. 한눈에 한센환자라는 것을 알 수 있다. 자원봉사자로 보이는 도우미들이 휠체어 곁에서 함께 햇살을 즐긴다. 한쪽 손이 불편한 사람이 전동차를 타고 곁을 지난다. 과거 한센을 앓은 흔적이 있으나 표정이 밝아 거부감을 느낄 수 없다. 여기 있는 사람은 음성 환자로 대부분 나이가 많고, 후유증에 대한 재활치료를 받고 있단다.

중앙공원으로 가면서 감금실, 검시실, 소록도 자료관 등을 들렀다. 한센환자란 이유로 그들이 얼마나 힘들게 살았는지 가슴이 찡해 옴을 느낀다. 공원은 참 아름답게 꾸며졌다. 나무 하나 풀 한 포기에 정성이 배어있다. 깔끔하게 손질된 나무와 풀이 정겹다. 파란 잔디밭에 세워진 '구라탑' 에 '한센은 낫는다' 는 문구가 보인다. 너럭바위에는 한하운의 시 '보리피리' 가 음각되어 있다. 주위에는 잘 다듬어진 반송이 이쪽저쪽 서 있고, 종려나무 · 편백 · 삼나무 · 동백 · 치자나무 등 남쪽 지방 나무가 많다. 천연기념물 제50호 솔송나무도 원뿔 모양으로 잘 다듬어 져 자태를 뽐낸다.

잠시 아름다운 조경에 마음이 뺏겨 여기가 소록도자립원이란 것을 잊었다. '수탄장' 이 생각이 났다. 인간으로서 한계를 느껴야 했던 장소. 지금은 공원으로 아름답게 가꾸어져 있지만, 과거에는 이 섬 전체가 커다란 한(恨)의 덩어리가 아니었을까? 섬을 나가래도 나가지 못하는 사람들. 한센이란 병을 얻어 바깥세상으로부터 이 섬으로 쫓겨 들어온 사람들. 바깥세상에 대한 원망과 두려움을 끝없이 길러온 사람들. 사람 노릇을 하고 싶어도 할 수 없었던 사람들.

'수탄장' 은 주차장에서 들어오는 입구에 있단다. 버스를 타고 들어오느라 보지 못했다. 보행자통로(테크로드)를 따라 걷는다. 별도의 장소가 있는 줄 알았다. 주차장 입구 소나무 숲 아래 안내판이 세워져 있을 뿐 따로 마련된 공간은 없다.

"이곳은 직원지대와 병사지대로 나누어지는 경계선으로 1950년대부터 1970년대까지 철조망이 쳐 있었다.

병원에서 전염을 우려하여 환자 자녀들을 직원지대에 있는 미감아 보육소에 격리하여 생활하게 하였으며, 병사지대의 보모와는 이 경계선 도로에서 한 달에 단 한 번 면회가 허용되었다.

이때 미감아동과 부모는 도로 양옆으로 갈라선 채 일정한 거리를 두고 눈으로만 혈육을 만나야 했다. 이 광경을 본 사람들이 '탄식의 장소'라는 의미로 '수탄장'이라 불렀다."

안내판 오른쪽 아래 사진이 한 장 붙었다. 당시의 애환을 느껴볼 생각에 자세히 살핀다. 길을 가운데 두고 어른과 아이들이 줄지어 서 있다. 바람에 옷깃을 날리며 철조망을 사이에 두고 서로 마주 보고 있다. 언제 찍었는지 모르나 빛바랜 사진 속의 사람들 표정이 어둡다. 눈을 감고 소설 「당신들의 천국」에 나오는 그들의 상봉장면을 그려본다.

미감아 보육소 아동들의 부모 면회가 있는 날이다. 미감아 보육소는 완충지대로 넘어가는 직원지대의 경계선 철조망 안에 있다. 아이들 부모가 먼저 완충지대에 들어와 있다. 철조망 뒤에 일정한 간격으로 늘어서 각기 자기 아이를 기다린다. 면회가 시작된다. 병사지대 쪽 어른들이 몇 걸음 뒤로 물러선다. 군데군데 감시 직원이 배치되고, 이쪽 아이들이 각각 자기 아버지와 어머니를 찾아 철조망 앞으로 다가선다. 아이들 역시 철조망 따라 표시해 둔 선 위에 일정한 간격으로 선다.

면회는 한 달에 한 번이고 시간은 십 여분이다. 짧은 그 시간에도 어느 때 어느 곳에서보다 많은 이야기와 사연이 오간다. 어른들은 먼저 아이들의 건강을 확인한다. 학교생활의 이것저것을 묻는다. 그리고 그간 있었던 궁금한 것들을 확인한다. 이야기가 대략 끝나면 병사지대의 집안 소식과 면회를 나오지 않은 쪽 부모의 안부도 전한다. 그러는 중간중간에도 감시 직원의 눈을 피해 옷깃 속에 숨겨 온 음식이나 용돈 따위를 몰래 건네준다.

마지막으로 부모가 다음 면회 때까지의 안타까운 당부를 남기면 이별이다. 아이들이 울음을 터뜨린다. 부모와 헤어지기 싫어 발버둥 친다. 그들의 마음을 얼마나 아프게 했으면 그 만남의 장소를 '수탄장'이라 불렀을까…. 이렇게 매월 한 차례 이들은 섬에 애화哀話와 비원悲怨을 남겼다.

부모와 자식의 인연은 하늘이 맺어준다고 한다. 한센환자의 그 인연의 끈이 참 가늘고 질기다. 혹이라도 자식에게는 한센이란 병이 옮길까 안아 보고 싶고, 가까이에서 다정하게 이야기하고 싶은 마음을 이를 악물고 참아야 하지 않았을까. 눈앞에 있는 아버지 어머니의 손 한 번 잡지 못하고 헤어져야 하는 어린아이의 가슴은 또 얼마나 아팠을까. 생각만으로도 하늘이 원망스럽다. 지금은 그 흔적만 남아 있음이 매우 다행스럽고 고맙다.

소록은 작은 사슴이다. 그 모양이 어린 사슴을 닮았다고 하여 붙여진 섬, 소록도. 일생을 그늘에서 살 수밖에 없었던 한센인의 삶의 마디마디가 숨 쉬는 섬에도 고요와 평화가 올 수 있음을 확인한 하루다. 바닷물이 그때나 지금이나 아무 일 없었다는 듯이 햇살에 은빛으로 반짝인다.♡

〈2013. 9.〉

만 원권 지폐 한 장

백두산 천지다. 푸른 물과 산봉우리들이 줌으로 당긴 것처럼 눈앞에 다가온다. 지금껏 그림이나 사진으로만 보던 백두산의 천지가 눈앞에 펼쳐졌다. 멍하니 머리가 텅 빈 사람처럼 천지의 물과 하늘을 바라본다. 이 풍광을 왜 보고자 했는지. 여기는 왜 왔는지. 아무런 생각이 나지 않는다. '아!' 하는 탄성만 날 뿐이다.

여기가 천지를 중심으로 열여섯 개의 봉우리가 둘러 싸고 있는 민족의 영산 백두산 꼭대기다. 바라보기만 해도 가슴이 울렁거린다. 몇 년 전에 왔을 때는 비바람에 천지의 물빛조차 보지 못하고 추위에 쫓겨 내려가지 않았던가. 어제도 비룡폭포가 있는 북쪽 길로 올랐을 때 짙은 안개와 굳은 비가 가로

막아 천지와의 만남을 포기할 수밖에 없었다. 오늘 올라온 서쪽 길은 달랐다. 하늘이 한국의 가을을 연상케 했다. 이 풍광을 보기 위해 비행기로 대구에서 중국 연길까지 와 다시 버스로 용정과 이도백하를 거쳐 일천사백사십이 계단을 어렵게 오르지 않았는가. 계단 난간을 잡고 기도하는 심정으로 한 발짝 한 발짝 힘을 모으며 오른 보람이 눈앞에 전개되고 있다. 구름 한 점 없는 파란 하늘, 옥색의 천지, 흑갈색의 산봉우리가 어우러져 장관이다. 많은 여행객이 멋진 모습을 사진기에 담느라 분주하다.

산을 오르기 전 현지 가이드가 네 사람씩 모임을 만들면 한 사람당 일 만원에 천지를 배경으로 멋지게 사진을 촬영해 준다고 했다. 천지 구경에 정신을 놓고 있는데 일행들이 삼삼오오 짝을 만들고 있다. 나도 끼워 달라고 했다. 이미 팀 구성이 끝나 어렵단다. 이유가 가지가지다. 혼자 서먹한 기분이 되어 물러났다.

'뭐 사진이 대수야, 가슴에 담아가면 되지.' 휴대전화기에 풍경 몇 장을 담고 주위를 서성거리며 천지를 바라본다. 최 선생이 다가와 하늘에 구름이라도 좀 있으면 더 멋지게 나올 수 있다며 아쉬워한다. 무슨 뜻인지 이해가 안 된다. 사진이란 피사체를 적당하게 촬영하면 되는 줄 알았다. 팀을 이루어 촬영 간 일행이 보인다. 표정이 밝다. 천지를 배경으로 자신의 모습을 담았으니 얼마나 기쁠까. 나는 부러움을 숨기고 무덤덤한 표정을 지었다.

한쪽 면에는 '중국'이란 한자가, 반대쪽 면에는 '조선'이란 한글이 붉은 글씨로 새겨진 표지석이 눈길을 끈다. 중국 땅과 우리 땅의 경계를 나타내기 위해 세웠단다. 여기는 오래전 고구려 광개토대왕이 지배했던 땅이며, 대조영이 세운 발해의 옛 땅이 아닌가. 중국과 조선의 경계비란 말에 역사도 생물처럼 살아 움직이고 있음을 실감한다. 살아 움직이는 곳에는 어디나 약육강식의 법칙이 존재한다. 약육강식의 세계 또한 영원한 승자도 패자도 없다. 끝없는 세월의 흐름 속에 적자생존의 법칙만이 적용될 수 있을 테니….

천지도 장관이지만 돌아서서 올라온 방향으로 멀리 만주쪽 산천을 조망하는 것도 일품이다. 점점이 이어지는 산. 넓고 끝없는 분지. 가까이에는 이름 모를 야생화가 웃고 있고 가지런히 자란 풀들이 바람에 몸을 눕힌다. 하산할 시간이란 가이드의 안내에 오른 계단 길을 다시 내려 온다. 오를 때보다 훨씬 수월하다. 마음에 여유가 생긴다.

천지를 배경으로 사진을 찍은 일행이 수군거린다. 사진은 시디에 담아 왔기 때문에 돌아가서 열어봐야 볼 수 있단다. 마음이 좀 들뜬 표정이다. 부러웠다. 머릿속에 백두산 천지가 다시 그려지고 그 광경을 배경으로 서 있는 일행이 보인다. 환하게 웃으며 양팔을 벌리고 의기양양하게 서 있는 모습. 세상에서 가장 값진 보물을 얻은 듯 행복해하는 표정. 함께 하지 못한 지인에게 사진을 보여 주며 백두산 천지를 이렇게 맑은 날씨에 만나게 된 것이 얼마나 큰 행운인가를 설명하며 자신만이 천지를 본 행운아이고 선택된 단군의 자손이라도 된 듯 흥분하고 좋아할 광경을 상상해 본다. 모두 발걸음이 가볍다.

버스를 타고 서쪽 길 주차장에서 내려올 때 바라본 백두산의 머리 부분이 하얗다. 이름 그대로 백두白頭다. 내가 잘못 본 것인가 싶어 옆 사람에게 확인하니 그도 희단다. 백두산을 덮고 있는 지질 때문이다. 저 봉우리의 높이가 2,744미터이고, 천지의 물은 일 년 내 일정한 분량의 수량을 유지하며, 거기에서 압록강, 두만강, 송화강松花江이 시작된다고 한다.

버스 속이 잠시 울렁거린다. 단군의 출생과 즉위에 관한 신화가 숨어 있는 곳. 환웅이 처음 하늘에서 그 밑으로 내려왔다는 신성한 나무 신단수가 있는 곳. 그곳에 신시神市를 열고 단군 조선을 세워 우리 민족의 뿌리를 내리게 한 곳이 백두산이다. 이런 영산 일부를 중국에 내어준 데 대한 규탄을 넘어 한탄이 쏟아진다.

찾아오는 길 또한 서울에서 평양을 거쳐 온다면 빨리 올 수 있다. 우리가 쓰고 가는 경비를 중국에 버릴 것이 아니라 북한에 준다면 그 돈이 북한 어린이 기아를 해결하는데 보탬이 될 수도 있고, 경제를 일으키는 데 도움이 될 수도 있다며 난상 토론이다. 모두가 북한 공산당의 미숙하고 부족한 정치력에 대한 평가를 아전인수 격으로 해 본다. 착하고 순진한 우리 답사팀이 볼 때 틀린 말이 아니다. 좋은 의견이고 곧바로 실천되었으면 하는 것들이다. 민족과 조국을 위해 이렇게 열띤 토론을 한다는 것만으로도 우리는 애국자가 분명하다. 그러나 이상과 현실의 거리를 정확하게 인식한다는 것이 쉽지만은 않은 모양이다. 우리들의 염원과 현실이 백두산 높이만큼이나 높고 클 뿐이다. 차 속이 조용해진다. 이론과 이상은 어디까지나 이론과 이상일 뿐이다. 힘없는 소시민의 염원을 백두산 신령님이 듣고 남북통일이 되도록 해 주십사 기도해 본다.

바지 주머니에 만 원권 지폐 한 장이 손에 잡힌다. 백두산 위에서 사진 촬영을 하고 줄 경비로 따로 넣어 둔 돈이다. 갑자기 마음이 허전하다. 여기까지 와 구름 한 점 없는 천지의 풍광을 만나고도 그 모습을 배경으로 사진 한 장 찍지 못하고 내려왔음이 안타깝다. 좀 더 적극 팀 구성에 대처하지 못한 나의 소심함이 무능으로 보인다. 뭐 그게 그렇게 중요한 것인가 하고 호기를 부려 보지만 분명 세상을 살아가는 방법에 중요한 무엇을 잃고 있다.♡

〈2012. 5.〉

회화나무에 핀 능소화

올해 들어 도산서원을 두 번째 찾는다. 봄에는 문화재에 관심을 가진 사람들과 곳곳을 돌아보며 서원 건물과 소장품의 문화적 가치 등을 공부했다. 이번에는 나무를 아끼고 사랑하는 숲생태해설가들과 함께 나무를 돌아보고 있다. 장소는 같으나 시각은 엄청나게 다르다.

구지폐 천 원짜리 뒷면에 나오는 도산서원 전경 사진을 보며 촬영 방향에 대한 의견이 분분하다. 사진에서 눈길을 끌고 있는 것은 두 그루 나무다. 하나는 도산서당 앞에 있는 금송錦松이고, 다른 하나는 서광명실 옆의 회화나무다.

금송은 참 예쁘게 자랐다. 햇살을 받아 그 색깔이 더욱 아름답게 보인다. 나무 앞 표지석에 “이 나무는 박정희 대통령 각하께서 청와대 집무실 앞에 심어 아끼시든 금송으로서 도산서원의 경내를 더욱 빛내기 위해 1970년 12월 8일 손수 옮겨 심으신 것입니다."라고 적혀 있다. 심은 지 40년이나 된다. 연륜을 느끼게 할 정도로 많이 자랐다. 가지 여기저기에 솔방울도 달고 있다.

함께 한 대부분 사람이 금송이 심어져 있는 위치에 대해 부정적이다. 도산서당은 서원의 많은 건물 중 가장 오래된 것으로 퇴계 선생이 직접 제자를 가르쳐 선비 정신을 꽃피운 곳이다. 금송이 바로 그 앞에 심어져 있어 구설에 오르고 있다.

금송을 그저 한 그루의 나무로 보면 문제는 없다. 그런데 금송이 가진 이미지가 일본을 떠올린다. 금송이 우리나라 나무가 아니고 원산지가 일본이다. 특히 일본의 신궁神宮에 천황을 상징하기 위해 심는 나무로 알려져 우리 민족의 주체성을 훼손할 우려가 있다는 것이다. 더구나 우리가 늘 사용하는 지폐에 금송이 들어 있음은 더욱 마땅하지 않단다. 신권 천원짜리 뒷면에는 겸재 정선이 그린 그림(보물 제585호)으로 바뀌 다행이다. 계명대 참나무교실에서 생태학을 가르치는 김 교수도 이 나무는 일본산이 틀림없다면서 도산서원의 사회적·역사적 상징성으로 볼 때 다른 곳에 옮겨 심었으면 좋겠다는 의견을 제시했다.

회화나무는 찾을 길이 없다. 구지폐 천 원짜리를 들고 위치를 추적해 본다. 서광명실 옆에 말라 죽은 나무 한 그루 서 있다. 가지에는 누르스름한 능소화 꽃이 깔때기 모양을 하고 덩굴 따라 달려 있다. 봄에는 담쟁이 연푸른 잎이 가지를 타고 기어오르고 있었는데…….

구지폐에는 회화나무가 서광명실의 건물보다 높게 자라 잎을 무성하게 달고 있다. 그 나무가 말라 죽었다. 함께 한 사람들이 안타깝다며 한마디씩 한다. 나무를 어떻게 관리했기에 죽인단 말인가. 죽었으면 빨리 다른 회화나무로 교체해야지.

옛사람들은 회화나무를 길상목吉祥木으로 여겼다. 집안에 심으면 가문이 번창하고 큰 인물이 난다고 생각했으며 좋은 기운이 모여 잡귀신이 가까이 못 한다고 믿었다. 그래서 선비의 집이나 서원 · 절간 · 대궐 같은 곳에만 심을 수 있었고 공이 많은 학자나 관리한테 임금이 상으로 내리기도 했다.

일반적으로 서원과 회화나무는 잘 어울린다. 나무의 모양이 호탕해 영웅의 기개와 고결한 학자의 풍모를 느낄 수 있다. 가만히 바라보고 있기만 해도 엄숙한 위엄에 압도되어 존경하는 마음이 생겨 저절로 몸가짐을 바로잡게 된다.

담쟁이덩굴과 능소화 넝쿨에 몸을 맡기고 썩어가는 회화나무가 수명을 다해 죽지 않았다는 생각이다. 주위 환경의 영향을 많이 받은 듯하다. 나무둥치의 삼면이 시멘트로 덮여 있다. 수분과 영향 공급이 제대로 될 수 없다. 잘못된 삶의 공간과 시간을 만나 제 수명을 다하지 못한 나무를 쳐다보다 능소화 꽃에 시선이 머문다.

옛날 한 궁중에 '소화'라는 아름다운 궁녀가 있었다. 오랜 기다림 끝에 왕의 성은을 입어 빈嬪의 자리까지 올랐다. 그런데 어쩐 일인지 왕이 더는 찾지를 않아 기다림에 지쳐 병이나 자리에 눕게 되었다. 그녀는 '내가 죽거든 담 밑에 묻어 달라'는 유언을 남기고 이승을 떠났다. 그 후 그녀가 묻힌 곳에 나무가 솟아 담벼락을 타고 오르더니 생전에 임금을 기다리듯 담 밖을 바라보는 모습으로 꽃을 피우는 능소화가 되었다. 참 애절한 이야기다.

죽은 회화나무가 좋은 일을 하고 있다. '소화'가 꽃이 되어 자신의 애타는 마음을 담아 담 밖을 바라볼 수 있도록 돕고 있다. 살신성인의 정신이다. 회화나무가 새로운 모습으로 다가온다. 내 죽은 육신도 누군가 필요로 할까.

하늘에는 초여름의 햇볕이 따갑다. 금송과 회화나무가 말을 걸어온다. 자신들은 자연 일부로 살아갈 뿐이라고. 인간의 시각으로 마음대로 매도하지 말라고.♡

〈2010. 10.〉

소나무처럼 살고 싶다

"군자의 사귐은 맑기가 물 같고, 소인의 사귐은 달기가 꿀 같다." 명심보감에 나오는 말입니다. 나의 사귐은 '군자'와 '소인' 가운데 어디에 들까? '군자' 쪽이었으면 좋겠습니다.

어제 지리산 대원사를 다녀왔습니다. 주차장에서 들어가는 길이 멀었습니다. (약 1.2Km 정도) 계곡을 따라 이어지는 길 양쪽으로 아름드리 소나무의 줄기가 붉은빛을 띠고 있었습니다. 하늘을 향해 가지를 마음껏 벌리고 있는 모습이 보는 것만으로도 기분이 좋았습니다. 적어도 백 년 이상 된 나무들입니다. 어떤 소나무는 낭떠러지 위에 아슬아슬하게 붙어 있고 어떤 것은 바위 위에 용하게도 몸을 붙이고 살고 있었습니다. 뿌리를 어디에 붙이고 사느냐가 문제가 아니라 모두가 나름대로 멋을 부리며 쳐다보는 사람들의 기분을 좋게 한다는 사실입니다.

직장에서 정년퇴임을 한 지도 몇 년이 지났습니다. 나도 대원사 입구의 소나무처럼 함께하는 식구는 물론 주위의 모든 사람을 기분 좋게 하는 삶이었으면 합니다. 그렇습니다. 만나는 사람이 그냥 좋아해야 합니다. 나의 어떤 가식이나 달콤한 말 때문이 아니라 그저 좋아져야 합니다.

소나무는 바람 부는 대로 가지를 일렁입니다. 비가 오면 그 자리에서 고스란히 맞습니다. 한여름의 뜨거운 햇볕도 겨울의 찬 눈도 그대로 받아들입니다. 소나무는 선택권이 없습니다. 싫다고 피할 수도 없습니다. 주어진 것이라면 모두 받아들일 수밖에 없습니다. 그렇게 살아왔지만 내 앞을 지나간 사람이나 옆에서 함께 가는 사람이나 뒤를 따라오는 사람이나 모두가 쳐다보고 좋다고 하는군요.

사실 무엇이 좋은지는 물어보지 않았습니다. 그저 좋았으니까요. 나도 어떤 점이 좋은지 말하라면 정확하게 얘기할 수 없습니다. 옆 사람이 좋다고 말하는 것이 있다면 그것에 동의할 것 같지도 않습니다. 소나무는 푸른 하늘을 쳐다보며 바늘잎을 소복이 단 가지를 흔들며 말이 없습니다.

좋은 말과 생각을 나누고 행동을 본받고 서로 본보기가 되는 군자의 사귐은 늘 변함이 없는 물맛과 같다고 합니다. 그들은 향상 물처럼 한곳으로 흐른다고 합니다. 우리는 만남에서 서로 순간의 즐거움만 찾는다면 언젠가는 그 달콤함에서 헤어나지 못하거나 쉽게 물릴 수 있습니다. 군자와 소인의 차이는 쉬운 듯 어렵지요. 내 생각에는 전자는 소나무이고 후자가 내가 아닌가 합니다.

대원사 입구 소나무가 주위의 다른 나무들과 함께하는 모습이 더욱 아름답게 보였습니다. 어느 정도 서로 돕고 필요로 하는지는 모릅니다. 내 눈에 같이 살아가고 있으니 더욱 좋게 보였습니다. 나도 생을 다 하는 날까지 소나무 같은 존재가 되고 싶습니다. 가만히 기다리는 존재가 아니라 몸과 마음을 갈고 닦는 노력을 하겠습니다. 주위의 사람들을 기분 좋게 하는 사람이 되도록 오늘도 많이 웃겠습니다.♡

〈2012. 6.〉

고정관념 벗어나기

하늘에는 드문드문 흰 구름이 떠 있다. 공항의 하늘은 여행하기 좋은 날씨다. 직장 동료 몇이 부부 함께 중국 여행길에 나섰다. 한자로 중국민항이란 글씨가 또렷하게 새겨진 비행기에 오를 때만 해도 구름은 머리 위에 있어 쳐다봤다. 비행기가 이륙한 지 얼마 되지 않아 구름은 눈 아래에서 여러 가지 형상을 만들며 흘러간다. 창밖에는 햇빛에 반사된 날개가 가끔 섬광을 내고 구름 외에 아무것도 보이지 않는다. 끝없이 넓은 운해雲海다.

어릴 때 하늘의 뭉게구름은 희망이고 꿈이었다. 푸른 하늘을 배경으로 어디론지 한없이 흘러가면서 토끼도 만들고 거북이도 된다. 상상하여 그릴 수 있는 모든 모양을 자유자재로 만들면서 내 꿈을 싣고 떠다녔다. 오늘은 날씨가 화창하다.

늘 쳐다봐야만 보이던 구름이 오늘은 내려다보인다. 같은 사안도 보는 관점에 따라 폭과 깊이가 달라질 수 있음을 생각한다. 세상의 모든 것이 주위 여건의 변화에 엄청나게 달라짐을 확인하는 순간이다. 구름을 내려다본다는 것은 상상도 하지 못했다.

중학교 다닐 때 가장 갖고 싶었던 것이 손목시계였다. 삼학년 여름 방학이 끝나갈 때 아버지께서 사주었다. 얼마나 기뻤던지 잠잘 때도 손목에 차고 잤다. 시계를 분신처럼 소중하게 여겼다. 내가 근무했던 학교 분실물 보관소에는 일주일에 한 번꼴로 시계가 주인을 기다린다. 어떤 경우에는 몇 주가 지나도 찾아가는 학생이 없다. 시계의 가치가 달라지고 있음이다.

내 글이 신문이나 잡지에 활자화되는 것이 바람 중 하나였다. 이 바람은 하늘의 구름처럼 쳐다만 볼 수 있을 뿐 도저히 실현될 수 없는 꿈으로만 여겼다. 신문이나 잡지에 내가 기고한 글이 어쩌다가 실려 지인으로부터 안부나 격려의 전화를 받거나 그것을 두고 토론을 벌이기도 한다. 아직은 걸음마 단계로 발표한 글에 부족을 느끼지만 앞으로 더욱 성숙하고 가치 있는 글을 쓸 생각이다. 작지만 꿈이 실현되고 있어 기쁘다.

구름은 땅에서는 쳐다봐야 하지만 비행기에서는 내려다볼

수 있다. 땅에서 보느냐 하늘에서 보느냐는 내게 달려 있다. 세월은 가만히 있어도 흘러 가겠지만 주위 여건의 변화는 노력 여하에 따라 상당히 달라진다. 생각의 폭을 좁게 만드는 고정관념에서 벗어나는 것도 내게 달렸다.

중국 여행은 매우 유익했다. 말로만 듣고, 책을 통해서 본 중국과 내가 직접 밟아 본 중국은 달랐다. 거대한 한 마리의 용이 꿈틀거리고 있다는 느낌이다. 느린 듯하지만, 앞으로 나가는 속도감을 느낄 수 있다. 여유가 있는 듯 보였지만 그 속에는 계산이 숨어 있었다. 과거의 중국을 생각하기에는 너무나 두렵다. 중국을 보는 생각을 바꿔야겠다. 만리장성·자금성·용경협에서 그 규모의 거대함을 다시 생각해 본다. 중국을 바라보는 내 눈의 위치는 땅인가? 하늘인가?

오늘도 어릴 적 꿈을 싣고 어디론지 흐르고 있는 뭉게구름을 하염없이 쳐다본다.♡

〈2006. 10.〉

이렇게 좋은 일이

관광버스가 가다 서기를 반복하고 있다. 경주 양남 주상절리를 구경하고 오는 길이다. 점심때 먹은 술 때문인가. 소변이 몹시 마렵다. 차는 경주 보문단지 앞을 막 지났다. 건천휴게소에서 쉴 예정이란다. 참기가 어렵다. 시간이 흐를수록 얼굴이 일그러진다. 옆 좌석의 동료가 안타까운 듯 "참을 수 있겠나." 하며 위로한다. 앞창으로 보이는 길에는 차가 가득하다.

기사에게 도착 예정 시간을 다시 물어본다. "글쎄요. 워낙 밀려 얼마나 걸릴지…." 하며 말을 더듬거린다. 가끔 시골 길을 달리다 소변이 보고 싶으면 길가에 차를 세우고 시원하게 볼일을 본 생각이 난다. 혹 그런 장소가 있을까 눈을 크게 뜨고 차창 밖을 살피지만, 앞에도 뒤에도 차다. 운전사가 문을 열어 준대도 마땅한 장소가 없다. 얼굴에 열이 난다. 인간의 한계를 시험당하고 있다.

기진맥진할 상황이다. 누가 커다란 음료수 페트병을 가져다준다. 일행이 뒷좌석까지 찼다. '미칠 지경이다' 란 말은 이때 쓰는가 보다. 이제 옷에 실례할 수밖에 없다. 꼭 감은 두 눈에 힘을 준다. 이래 지도 저래 지도 못 해 온 힘을 아랫도리에 모은다. 큰일이 곧 일어날 것만 같다. 생리 현상이 체면은 아무런 문제가 아니라고 용기를 준다. 그 짧은 사이에 체면이 또 도전한다.

와! 시원하다. 휴게소 화장실이 천국만 같다. 이보다 더 살맛이 나는 일이 없다. 세상이 내 것 같고 부러울 것이 없다. 일그러진 얼굴이 확 펴진다. 보람 있고 재미있게 산다는 것은 바로 이런 거야. 돈·명예·권력이 해결해 준 것이 아니다. 꼭 필요할 때 소변을 볼 수 있게 만든 화장실을 시간 맞추어 찾아갈 때도 성취할 수 있다. '다행이다, 정말 다행이다.' 인간으로서 참을 수 있는 한계점을 용하게 넘겼다. 하나님, 부처님, 조물주님 인간을 구제하기 위해 존재하고 있는 모든 신께 감사하고 싶다.

허리끈을 다시 매고 허리를 펴니 마음에 여유가 생긴다. 기분이 날아갈 것 같다. 행복이니 즐거움이니 하는 말들이 다 삶의 수식어에 지나지 않는다. 이렇게 좋은 일이 세상에 어디 있을까. '고맙다' 는 말이 가슴에서 나온다. 화장실 안을 한 바퀴 쭉 돌려본다. 고속도로의 다른 휴게소와 별 차이가 없다. 그때 영감처럼 떠오른 한 가지 일.

대구수목원 화장실에서 본 글귀다. 소변기 앞에 소품인 유화가 한 점 걸려 있고 그 그림 아래 작은 글씨로 "나무의 뿌리를 더욱 깊고 단단하게 뻗게 하는 것은 ⋯." 이란 경구가 붙어 있다. '숲 해설' 을 하는 동료 선생님들께 물었다. 흙, 물, 퇴비 등 몇 가지 대답이다. 답은 '바람' 이라 하자 모두가 의아한 표정을 지으며 크게 웃는다. 얼마나 멋진 은유인가. 한 사람이 "불휘 깊픈 남ᄀᆞᆫ ᄇᆞᄅᆞ매 아니 뮐ᄊᆡ ⋯ (뿌리가 깊은 나무는 바람에도 흔들리지 아니하므로)" 하며 용비어천가 구절을 왼다. 또 다른 사람은 "그래, 사람이란 어려움에 많이 흔들려 봐야 더욱 단단해지지." 하며 삶의 철학을 논한다.

'시간은 금이다.' 소변보는 짧은 시간을 이용해 내 삶을 돌아보게 하고 있다. 참 생각이 기발하다. 이렇게 멋진 생각을 누가 했을까. 그 발상에 찬사를 보내고 싶은데 동료가 내 옆구리를 툭 치며, 사람들이 너무 바삐 산단다. 옛날처럼 화장실에서 볼일을 보며 이런 생각 저런 생각하게 좀 놓아두지 않고 그 시간마저 방해하고 있단다.

정말 그렇다. 나도 시골에서 자랄 때 부모님께 꾸지람을 듣고 화장실에서 혼자 운 일이 있다. 생활 속에서 어렵고 힘든 일의 처리 방법이 뒤볼 때 영감으로 떠올라 쉽게 해결한 경험이 있다. 아무리 애써도 풀리지 않던 숙제의 정답이 갑자기 생각나기도 하고, 어디에 숨겨 두었는지 몰라 쩔쩔매던 곳이 생각나 쉽게 찾기도 했다. 나의 연애편지를 받은 순애가 얼굴을 붉으락푸르락해 대들던 그 순간이 떠올라 혼자 얼굴을 붉힌 일도 있고, 공부 못한다고 구박하던 옆 짝의 노트를 몰래 찢어 버린 사건이 불쑥 생각나던 곳이기도 하다. 누구의 방해도 받지 않고 조용히 나의 현재와 과거를 생각할 수 있는 시간이고 공간이다.

화장실에서 볼일을 보면서까지 투잡(겹벌이)하지 않아도 잘 살아왔는데 왜 이렇게 사람을 바쁘게 만들고 있는지 모르겠다. 화장실은 소변을 보고 시원함을 느끼는 것만으로 충분하다. 사람이 살아가는데 아무리 좋고 필요한 경구라 할지라도 한 번에 하나씩 하는 삶의 여유를 빼앗은 짓은 이제 사양하고 싶다. 바쁜 일상에 중독되어 가고 있는 내 삶에 여유를 찾게 해 준 동료가 고맙다.♡

〈2013. 6.〉

이곳과 조금도 다르지 않다

애기봉 통일전망대다. 전망대 교육관에서 바라본 북녘땅. 그곳도 우리 땅임이 분명했다. 앞쪽으로 흐르는 강물이나 뒤로 펼쳐지고 있는 들과 산의 모습이 이곳과 조금도 다르지 않다.

잔뜩 흐린 하늘에는 금방이라도 비가 올듯했으나 용하게 참고 있다. 갈 수는 없고 바라보기만 할 수 있는 우리 땅. 좀 더 분명하게 확인하기 위해 이미 설치된 망원경에 오백 원짜리 동전을 넣는다. 사용 능력의 부족으로 처음에는 눈으로 보는 것보다 더 불편을 느꼈다. 갑자기 눈앞까지 확 다가오는 북녘땅. 만지고 싶어 손을 뻗었다. 손에 닿는 것은 허공뿐이다. 헛손질만 했다.

애기봉 관리사무소에서 얻은 리플릿에는 '축복의 땅, 살기 좋은 김포' 라는 문구 밑에 '북녘땅이 한눈에…' 라는 말이 있다. 바라보고 있는 저 땅도 김포처럼 축복받아 살기 좋은 땅이었으면 하는 바람이다. 짙은 안갯속에 멀리 희미하게 보이는 산이 '송악산' 이다. 저 산 밑이 옛 고려의 도읍지 개성이 아닌가. 가끔 텔레비전에서 보는 개성공단의 공장에서 열심히 일하는 북한 동포가 생각난다. 그들의 모습 어디에 우리와 다른 눈·코·입을 찾을 수 있는가.

선전용 위장마을도 보인다. 북한과 우리의 경제 수준의 차를 알고 있는 일행은 모두 웃을 뿐이다. 1982년도에 북한 인민의 행복한 삶의 모습을 보여주기 위해 조성한 마을이다. 어느 중소도시의 변두리보다 못한 모습을 갖추고 있는 선전용 마을로는 게임이 안 된다. 오늘도 아무것도 모르고 속으며 사는 북한 인민이 안타깝다.

희미하게 보이는 산자락에 토끼길 같은 것이 있다. 대전차 장애물이란다. 높이 4m의 석축으로 전쟁이라도 일어난다면 남한의 대전차가 북한으로 들어오지 못하게 만든 방어선이다. 앞으로의 전쟁에는 6·25 때와 같은 무기가 아니라 최첨단 무기로 싸울 텐데 조금은 어리석다는 생각이 들었다. 어떤 형식이든 이 땅에서는 절대로 전쟁이 일어나서는 안 된다. 위정자를 위해 국민이 희생되는 전쟁은 있을 수 없다. 역사 속의 전쟁은 모두 지배자의 몫이었으나 희생은 언제나 백성이

당하지 않았는가.

박정희 대통령이 직접 썼다는 애기봉愛妓峰이란 표지석 밑에는 병자호란 때 평양감사와 애첩인 애기와의 슬픈 일화가 서려 있는 곳이란다. 사무소 부소장의 설명으로는 호란이 일어나자 식솔들과 애기는 먼저 남으로 피난을 왔으나 평양감사는 미처 오지를 못했다. 애기는 여기에 혼자 남아 감사를 기다리다 죽었다. 유언으로 임이 오는 것을 꼭 봐야 하니 무덤에 세워서 묻어 달라고 해 그렇게 했다고 한다.

병자호란은 조선 인조 때 청나라가 군신 관계를 요구해 온 것을 거절함으로써 일어난 전쟁이다. 결국, 청태종의 이십만 대군을 이기지 못해 인조가 삼도전[5]에서 항복하고 청나라에 신臣의 예를 행하기로 한 굴욕적인 화약和約을 맺은 전쟁이다.

아픈 역사의 이야기를 숨기고 있는 애기봉. 네 시간이나 버스를 타고 와 바라보고 있는 북녘땅. 겉모습에서 차이를 찾는다면 남쪽의 산하는 푸른 숲으로 덮여 있는데 북쪽은 민둥산의 모습을 하고 있다. 없는 수목이야 다시 심어 기르면 될 일이지만 우리 남쪽을 적으로 생각하는 북한 위정자들의 시각은 무엇으로 어떻게 변화를 시킬 수 있을까?

가슴이 답답하다. 여기서 눈으로 확인은 할 수 없으나 저곳

---

5)삼도전 : ① 서울과 광주를 잇는 한강에 있던 나루
② 지금의 송파구 삼전동의 위치에 있었다.

북녘땅에 사는 동포들의 삶을 상상하니 흐린 날씨만큼이나 을씨년스럽다. 한 번 더 망원경에 500원짜리 동전을 넣고 바라본다. 흐릿한 안갯속에 움직이고 있는 사람의 형체다. 가을의 수확을 기대하며 들일하는 모습 같기도 하고 북한의 병사 같기도 하다. 그는 우리에게 어떤 모습을 보여주기 위해 나타난 것일까? '내 여기 행복하게 살고 있으니 남쪽에 있는 여러분 부러우면 북쪽의 정치 구조에 동의하고, 동조해 주기를 바란다.' 고 허수아비 같은 삶을 과신하고 있는 것은 아닐까?

그가 누구든 우리 동포임은 틀림없다. 우리 함께 행복하게 살았으면 하는 바람으로 더 자세한 모습을 보고 싶어 눈에 힘을 주고 있는데 동전 오백 원의 효능이 다 했는지 갑자기 북녘 산천이 멀리 달아난다.♡

〈2012. 7.〉

4부
구겨진 구두

구겨진 구두

내 구두가 구겨져 있다. 많은 사람이 사용했음이 틀림없다. 뒤축은 접혀 있고, 발등이 들어갈 부분은 납작하다. 옆에 놓여 있는 슬리퍼보다 더 불쌍해 보인다. 누가 허락도 없이 마구 사용했을까. 그것도 다른 사람의 신발과 나란히 있는 것이 아니다. 한 짝은 여기에 다른 짝은 저기에 있다.

모임 시간이 거의 다 되어 도착했다. 회원이 벌써 많이 와 있다. 종업원이 정리했는지 신발들이 가지런하다. 여러 모양의 남녀 구두가 다정해 보인다. 나도 차례를 따라 끝 공간에 나란히 벗어 놓았다. 오늘 구두를 참 잘 닦았다는 생각이 들었다.

구두를 닦고 나면 기분이 좋다. 마음마저 깨끗해진다. 반들반들 윤이 나는 구두를 신고 걸으면 발걸음까지 가뿐하다. 왠지 모든 일이 잘될 것 같은 기분이다. 길을 가다가 옆 사람과 부딪쳐도 기분이 상하지 않는다. 길거리에 장애물이 있어도 괘의치 않고 얼른 돌아간다.

오늘 신은 구두는 케쥬얼화다. 가격이 저렴하고 편하다. 좀 마구 신어도 흙이 묻어도 아깝지 않고 만만하다. 다른 구두에 비해 비교적 오래 신을 수 있다. 집에 몇 켤레의 구두가 있으나 특별히 예의를 갖추어야 할 자리가 아니면 이를 즐겨 신는다. 작은 불만이라면 집에서 닦으면 좀처럼 윤이 나지 않는다. 가끔 전문으로 닦는 사람의 손을 거쳐야 제대로 윤이 난다.

누군가 모임 도중 화장실을 다녀온다거나 담배를 피우려 나왔다가 내 구두를 신었나 보다. 남의 신발을 신었으면 정리라도 바로 하든지, 멋대로 밟아 모양을 구겨 놓다니 기분이 좋지 않다. 반짝반짝 윤이 나던 신이다. 찜찜한 마음으로 신는다.

보기에는 형편없이 망가진 것 같았는데 신으니 아무렇지도 않다. 구두 속으로 발을 들어 미니 구겨진 부분도 본래대로 일어나 남이 사용한 흔적이 없다. 방문 앞에 놓여 있는 많은 신발 중 내 구두가 편안하게 보였던 모양이다. 우선은 딱딱하지 않고 헐해 보이고, 뒤축을 접어 신어도 가죽이 부러지거나 상할 것 같지 않았겠지.

그래, 그런 거야. 세상에는 뭔가 좀 편안하게 보이는 것이 있지. 주인 허락 없이 슬쩍 건드려 봐도 아무렇지도 않을 것 같은 것이. 아깝지도 않고 죄의식도 느낄 수 없는 것들이. 오늘 내 구두가 그런 것 중의 하나가 되었나 보다. 언짢든 마음이 평정을 찾는다.

가진 물건이 이용된다는 것은 가치를 발휘하고 있다는 뜻이다. 돈도 재물도 쌓아 두고 사용되지 않으면 행복해 질 수 없다. 노자는 소유하는 것은 '이利'이고 소유를 없애는 것이 '용用'이라고 했다. '이'와 '용'을 합하여 '이용'이라 쓰는 이유는 소유한 것은 올바로 사용할 때 완전해질 수 있다는 뜻이다. 오늘 내 구두처럼 살아도 괜찮겠다는 생각이 든다.

가을의 끝이다. 추위를 심하게 타는 사람은 벌써 겨울이 왔다고 야단이다. 계절은 가을이라 부르든 겨울이라 하던 말이 없다. 사람이 편의를 위해 따져 부를 뿐이다. 그래서 인간을 호모 칼큐러스(Homo Calculus), 즉 '계산하는 인간'이라 하나보다. 식당 방 앞에 이리저리 밟혀 구겨졌던 구두가 말한다. 행복하고 편안히 사는 방법이 어렵지 않다고. 삶을 눈에 보이는 대로만 살지 말고 관조하면서 살라고, 계산적인 삶에서 벗어나라고.

그래, 이제는 내게 구두처럼 사람들이 편안하게 다가와도 좋겠다.♡

〈2012. 11.〉

쪼다, 뚱딴지

비가 온 뒤라 공원 뒷길은 질퍽거렸다. 열 번 만나면 일고여덟 번은 술에 찌들어 있는 친구다. 혀가 꼬부라져 발음도 시원찮은 말로 어떤 젊은이와 시비是非를 한다. 젊은이는 그에게 술을 먹으려면 곱게 먹지 어떻게 '고주망태'가 되도록 먹느냐? 술독에 빠진 사람과는 대화가 안 된다며 답답해하고, 친구는 젊은이에게 '쪼다' 같은 놈이라며 큰 소리로 나무라고 있다. 젊은이에게 이 친구가 무엇을 잘못했는지 모르나 큰일이 아니면 용서해 달라고 정중히 사과하고 돌려보냈다. 이유를 알고자 하는 내게 나이도 얼마 안 먹은 게 '뚱딴지' 같은 말만 한다며 못마땅해 했다.

그리고 아무 말 없이 한참을 가슴츠레한 눈으로 나를 째려보더니 조심하란다. 젊은이를 칭하며 못된 버릇을 가졌다면서 그런 놈을 어떻게 그냥 돌려보낼 수 있느냐? 대답할 말을 잃고 있는 내게 다시 "알았어, 내 말 유념해." 하고는 온몸을 비틀거리며 간다.

이런저런 생각을 하며 걷다 문득 두 사람의 대화 속에 나오는 '고주망태, 쪼다, 뚱딴지, 유념'이란 말을 생각해 본다. 말의 흐름으로 봐 대략 이해는 하겠으나 각 낱말이 주는 말맛에 매력을 느껴 사전을 찾아보고 인터넷에 검색까지 해 봤다.

'고주망태'이란 술에 몹시 취하여 정신을 가누지 못하는 상태. 또는 그런 사람을 일컫는 말이다. 그런데 여기에 나오는 '망태'는 '망태기'의 준말이고, '망태기'는 물건을 담아 들거나 어깨에 메고 다닐 수 있도록 만든 그릇. 주로 가는 새끼나 노 따위로 엮거나 그물처럼 떠서 성기게 만든 것으로 물건을 운반할 때 사용하는 도구다. 그렇다면 '고주'는 어떤 것일까. '고주'는 고유어로 '고ᄌᆞ'이다. 'ᄀᆞᄌᆞ'는 '고조'라고도 썼다. 고조는 술, 기름 따위를 짜서 밭는 틀(그릇)이다. 종합해 볼 때 '고주망태'는 고조를 망태에 매고 다닐 정도로 술을 좋아하는 사람으로, 술통을 통째로 마신 것처럼 곤드레만드레 취하여 정신을 못 차리는 사람을 일컫는 말이 된다.

'쪼다'는 조금 어리석고 모자라 제구실 못 하는 사람 또는 그런 태도나 행동을 속되게 이르는 말이다. 어원이 재미있다.

'쪼다' 는 '조다助多' 에서 온 말이란다. '조다' 는 고구려 장수왕(412~491년, 제20대 왕)의 맏아들이다. 아버지 장수왕이 너무 오래 살아 왕위를 계승 받지 못하고 먼저 죽어 그의 아들인 문자명왕(492~519년, 제21대 왕)으로 왕위가 이어졌다. 왕이 될 수 있는 조건을 갖추었음에도 왕위에 오르지 못하고 아들에게 왕권을 넘겨준 그를 안타까워한 나머지 후세 사람들이 이와 비슷한 경우를 당한 사람을 '조다 같다' 고 했는데 뒤에 그의 이름을 비꼬듯 강하게 발음하여 '쪼다' 라 비하하고 있단다. 오늘날 사람들이 약간 모자라거나 부족하거나, 바보 같거나 머저리 같은 경우를 빗대어 '쪼다' 혹은 '병신쪼다' , '쪼다새끼' 등으로 부르고 있다.

'뚱딴지' 는 우둔하고 완고하며 무뚝뚝한 사람을 가리킨다. 돼지감자와 애자碍子도 '뚱딴지' 라 한다. 돼지감자를 '뚱딴지' 라 한 것은 생김새나 성품이 완고하고 우둔하게 생겨 그렇게 부른 듯하다. 애자碍子는 전선을 전봇대의 어깨쇠에 고정할 때 사용하는 절연기구다. 그 모양이 날렵하지 못하고 우둔하고 둔탁해 보여 '뚱딴지' 라 한듯하다. 오늘날에는 본뜻이 가지고 있는 의미는 거의 없어지고, 상황이나 이치에 맞지 않게 엉뚱한 행동이나 말을 하는 것을 가리킬 때 사용되고 있다.

'유념' 은 잊거나 소홀히 하지 않도록 마음속에 깊이 간직하여 생각한다는 말이다. 나와 함께 숲생태해설가로 활동하고 있는 문 선생은 '유념留念'이란 말을 '유염油鹽'이라며 집안 윗대 어른한테서 들었다면서 해석을 달리한다. '유油'는 진유眞油로 참기름을 뜻하며, 염鹽은 소금을 가리킨다. 아들이나 손자가 과거 시험을 치러 가거나, 집안의 일로 먼 길을 떠날 때 반드시 '유油'와 '염鹽'을 챙겨 주었단다. 행여 길을 잃거나 노자가 떨어져 초근목피로 연명해야 할 일이 생기면 요긴하게 쓰인다. '유'는 맛을 낼 뿐 아니라 제독 효과가 있고, '염'은 인간이 섭취하지 않으면 안 될 필수 유기물로 살균 효과까지 있단다. 상당히 일리는 있으나 '유념'과 '유염'이 말할 때 발음이 같은 데서 혼용하여 쓴 것인 듯하다.

친구가 사라진 빈 길을 쳐다본다. 是시와 非비의 발단은 어떻게 시작되었을까? 젊은이가 是시고 친구가 非비일까? 친구는 술에 취해 있고, 젊은이는 술을 먹지 않았으니 술에 취한 친구가 잘못했을 것이란 내 생각은 올바른 것일까?

어떤 사람이 '+'가 그려진 카드를 보여주면 물었다. 수학자는 덧셈, 산부인과 의사는 배꼽, 목사는 십자가, 교통경찰은 사거리, 간호사는 적십자, 약사는 녹십자라 답했다. 대답은 각각 다르나 틀린 사람은 아무도 없다. 모두 자기 처지에서 바라보기 때문이다.

사람은 비판의 대상이 아니라 이해의 대상이다. 젊은이의 표현대로 '고주망태' 가 된 사람에게, 친구의 판단처럼 '뚱딴지' 같은 말로 시비를 했다면 그는 정말 '쪼다' 란 생각이다. 사건의 경위도 알아보지 않고 술 취한 친구를 대신해 젊은이에게 용서를 구한 내게 '유념' 하라는 친구의 말이 오래도록 뇌리에서 떠나지 않는다.♡

〈2010. 7.〉

행복한 삶 즐거운 삶

뜰에 동백꽃이 환하게 피었습니다. 겹꽃이라 보기 좋습니다. 가난하게 살아도 이른 봄에 남보다 먼저 빨간 동백꽃을 볼 수 있다는 것은 행복입니다. 또 있습니다. 대문 옆에 서 있는 목련 나무에 하얀 꽃이 피었습니다. 다사로운 햇살 속에 꽃봉오리가 순수하게 보여 엄숙하기까지 합니다. 이렇게 작은 것에서 보람을 찾으며 남보다 못 가진 허전함을 달랩니다.

겨우내 텅 비었던 놀이터에 아이의 수가 늘어가고 있습니다. 봄은 그들의 친구인가 봅니다. 집에만 있던 아이들을 자꾸 불러냅니다. 봄별 속에 뛰어노는 얼굴이 동백이나 목련 꽃처럼 신선해 보입니다.

어제는 팬지꽃 몇 포기 사와 뜰에 심었습니다. 심은 곳이 지난가을 낙엽을 모아 묻어 두었던 곳이라 거름 냄새가 확 났습니다. 봄에 맡는 퇴비 냄새라 별로 기분이 나쁘지 않았습니다. 정성을 들여 심고 물까지 충분하게 주었으니 우리 집에 넉넉한 봄을 가져다주겠지요.

다가오는 일요일에는 고향에서 함께 자란 붕우 몇을 초청해 동백꽃을 바라보며 마주 앉아 목련꽃 같은 순백의 정담을 나눌까 합니다. 동백과 목련의 꽃 얘기가 끝나면 눈길을 대문 위로 돌려 개나리의 노란 이야기도 할 것입니다.

집 주위의 봄 이야기가 끝나면 고향을 찾을 테지요. 마을 어귀에 서 있는 산수유의 노란 꽃을 떠올리고, 뒷산에서 필 연분홍 진달래와 과수원의 복숭아 꽃 얘기도 하겠지요. 이렇게 고향 마을의 봄꽃을 예찬하는 사이 봄이 우리 앞에 성큼 다가왔음을 느낄 것입니다. 뜰에서 솟아나는 새싹을 보면서 어린 시절의 꿈과 현실을 생각하며 삶의 가치가 무엇인지도 논하게 되겠지요.

봄이 사방에서 홍건하게 다가와 우리에게 희망을 줍니다. 땅속의 씨앗에 움을 틔우고 나뭇가지 끝에 초록의 싹을 만듭니다. 가슴속에 감추어둔 꿈과 사랑도 찾게 합니다. 현실이 이상과 달라 가슴 아플지라도 해마다 찾아오는 봄이 있어 행복합니다. 잠시 바쁜 일상에서 벗어나 봄이 주는 선물을 놓치지 않겠습니다.

벚나무에는 연분홍이 개나리꽃에는 연노랑의 안개가 아롱거립니다. 따뜻한 봄 햇살이 다른 의미로 삶의 의욕을 돋워줍니다. 우리는 힘차게 봄을 향해 달리며, 고개를 젖혀 하늘을 바라보며 꿈과 행복이 가슴속에 있음을 확인할 것입니다.

집 뜰이나 주위의 빈터에 봄이 지난 후에도 아름다움을 만날 수 있게 꽃씨를 심는 여유도 가질 것입니다. 남몰래 심은 꽃씨가 희망으로 다가와 내게 웃음을 선물할 때 삶이 행복하고 아름다움을 느낄 수도 있겠지요.

정말 인생은 봄이 있어 행복하고 즐겁습니다.♡

〈2008. 4.〉

아름다운 배려

이 선생, 메일 잘 받았습니다. 코스모스가 활짝 핀 사진이 가을을 펼치고 있군요. 아름다운 코스모스 꽃이 나를 여기저기 벌판으로 데리고 다닙니다. 상상만으로도 마음이 풍요롭습니다.

> 가을이 되면 까닭 없이 초조합니다.
> 결실의 계절에 아무것도 한 게 없다는 사실에
> 그런 초조한 마음이 드나 봅니다.

오늘 늦게까지 읽고 있던 이외수의 소설 『아플 수도 있는 마흔이다』가 생각났습니다. 아직 다 읽지 못하고 삼분의 이 정도 읽었습니다. 책 속에 마흔 살쯤의 사람들이 가진 현실적인 문제들. 직장 생활, 가정, 인간관계, 심리적 공허감, 마음

따로 현실 따로 살 수밖에 없는 삶. 살아가기 위한 비굴함. 그래도 대박을 가끔 꿈꾸지만, 그 대박의 꿈이 가져오는 스트레스. 등등입니다. 소설이란 이름 속의 인생살이지만 그들의 팍팍한 현실에 공감하며 불쌍하다 생각했습니다.

나도 그들과 같은 사십 대를 살아왔습니다. 인생 다 그렇지 하면서도 남의 이야기 같지가 않았습니다. 집 아이들이 삼십 대 중반을 넘고 있기 때문입니다.

이 선생, 소설 속의 대안은 '마음의 여유'라고 했습니다. 그런데 그 여유란 말의 의미가 사람마다 다르고, 주어진 삶의 조건에 따라 또 다르지 않습니까? 역시 정답은 없는 듯합니다. 꼭 답을 말하라면 인간에게는 운명이란 것이 있다고 믿는 것이 제일 편할 것 같습니다. 손 놓고 기다리자는 것이 아니라 온 힘을 다해 살아가는 과정에서 이야기입니다.

이 선생, 삶의 성취 기준을 조금 낮추면 어떨까요. 결실의 계절에 아무것도 한 게 없는 것이 아니라 기대치가 높아 그곳까지 닫지 못해 안타까워하고 있지는 않습니까. 제가 쓸데없는 말을 하는 것은 이 선생의 친구가 촬영한 코스모스 사진을 보고 멋지다고 했으며, 그것을 보고 내게 평화로운 시간을 보내라고 하지 않습니까? 그 정도 남을 배려 할 수 있는 마음 씀 하나만으로도 참으로 많은 일을 하고 있음이 증명되고 있습니다.

사진을 지금까지보다 다른 시각에서 본 것처럼 이 선생의 가을도 다른 관점에서 보기 바랍니다. 친구의 코스모스 사진처럼 멋진 가을을 보내고 있음을 깨달을 수 있을 것입니다.

코스모스 사진을 오랫동안 무심히 봤습니다. 처음에는 아름답다는 생각만 했습니다. 조금 시간이 지나니 작가는 왜 배경 흐림(out focus) 처리했을까? 그래, 그렇게 처리한 것이 좀 더 좋아 보이네. 생각이 깊어지기 시작했습니다. 코스모스가 서 있는 곳의 땅도 하늘도 보이지 않도록 해 놓았습니다. 시든 꽃잎까지 보이지 않습니다. 코스모스 꽃의 아름다움을 극대화하기 위해 불필요한 것은 모두 숨겼다는 사실을 깨달았습니다.

내 삶도 코스모스 사진작가처럼 아름다움만 나타내면 될 일을 왜 지금껏 쓸데없이 불필요한 것들에 그렇게 많은 시간과 힘을 쏟았는지 답답함을 느낍니다. 눈을 감고 지난 시간을 돌이켜 봅니다. 대부분 기억조차 나지 않습니다. 그래도 아름다운 시절이 있었음이 확실합니다. 크게는 촌놈이 대구까지 나와 고등학교와 대학을 다닌 일. 정년까지 무탈하게 직장 생활을 마무리할 수 있었던 일. 그리고 수필이란 글을 써 여기저기 기고를 해 본 일. 결혼 한 일. 아들딸 키우고 교육한 일 등 비록 남들 다한 일이지만 오늘은 매우 아름다운 모습으로 떠오르네요.

사진작가가 숨긴 땅과 하늘, 그리고 코스모스의 시든 잎은 정말 필요 없을까요. 그들이 없었다면 아름다운 꽃이 탄생 될 수 있었을까. 작가가 사진에서 보여주지 않는 이런 것들은 아름다운 코스모스에 필요 없는 것이 아니라 사진 속에 잠시 숨겨두었을 뿐입니다. 내가 후회하며 산 시간도 꼭 불필요한 것만 아니었나 봅니다. 내가 헛된 일만 했다고 불평한 것들이 꼭 그렇지만 않았다는 생각입니다. 삶에는 순간순간의 재미와 즐거움도 숨어 있었습니다. 비록 결과가 엉망진창이라도 그때는 최고의 선택이었고 쏟은 열정 또한 대단했습니다.

이제 나는 그 엉망진창의 삶을 더는 생각하지 않겠습니다. 싫고 아름답지 않은 것보다 좋고 즐거웠던 추억도 바리바리 쌓였습니다. 그것을 하나씩 하나씩 들추어 가며 살아도 시간이 모자랄지 모릅니다. 작가가 사진에서 배경 흐림(out focus) 처리한 부분이 중요하지 않다고 생각하지 않습니다. 오직 더 좋은 더 아름다운 부분만 독자에게 보여주기 위한 배려입니다.

사진 고맙습니다. 잠시나마 평화로운 시간 보냈습니다.♡

〈2012. 10.〉

길에서

신호를 기다린다. 지나간 시간은 빠른데 기다리는 시간은 더디다. 따가운 햇볕을 피해 가로수 그늘을 찾는다. 할머니 한 분이 건널목 옆 길거리에 잡곡과 풋나물을 펼쳐 놓았다. 손으로는 물건을 계속 정리하며 지나가는 사람들 발걸음 소리에 귀를 기울인다. 앞에는 호박·오이·배추·고추 등이 가지런히 놓였고 뒷줄에는 검은콩·깨·조·보리쌀 등이 작은 자루에 조금씩 담겨 있다. 자루 속에는 알곡을 팔기 위한 작은 나무 상자가 하나씩 담겨있다. 공인받은 흔적을 찾을 수 없는 계량기다.

발걸음 소리만 들어도 물건을 살 사람인지 아닌지 아는 듯 행인의 얼굴은 쳐다보지도 않는다. 엉거주춤 아기를 등에 업은 중년 아주머니가 오고 있다. 할머니의 얼굴에 미소가 번진다. 여인이 가까이 오자 검은 비닐봉지부터 들고 준비한다. 아주머니는 할머니 앞에 걸음을 멈춘다. 손가락으로 보리쌀 자루를 가리킨다. 자루에서 보리쌀을 숙달된 솜씨로 퍼 담아 봉지를 건넨다. 담다 흘린 보리쌀 낟알을 줍는다. 손에 잘 잡히지 않는지 손가락을 입술에 한번 문지른다. 몇 알 되지도 않는다. 다시 자루를 번쩍 쳐들어 본다. 자루 밑으로 굴러 들어간 낟알을 찾을 작정이다. 없다. 안심되는지 자루의 매무새를 전처럼 다독여 놓는다. 햇살을 피해 그늘로 들어선 손님을 쳐다본다. 여인은 주머니에서 지갑을 내 돈을 주고 가던 길을 태연히 간다.

무심히 그 광경을 보다 신호를 놓쳤다. 신호등에 다시 붉은 불이 들어왔다. 이해가 되지 않는다. 공인받은 계량기가 아닌데도 사고파는 사람 사이에 불평이 없다. 편안한 모습이다. 작은 물건 하나 사면서도 속지는 않을까. 가격은 알맞을까. 불신하며 살아온 내가 초라해진다.

거래된 물건의 양이 적어서일까. 전부터 잘 아는 사이일까. 서로 눈에 보이지 않는 신뢰가 바탕에 깔렸을 수도 있겠다. 편하게 사는 데 모든 사람이 인정할만한 기준이 필요하지는 않은가 보다. 돈의 가치와 정비례하지도 않는 모양이다. 그때그때의 수요와 공급으로 자연스럽게 이루어지고 있다. 나와 관계를 맺고 있는 사람이나, 사안과 사물도 우연히 길거리에서 본 할머니와 여인의 거래처럼 이루어졌으면 싶다.

햇볕이 따갑다. 가로수 그늘 속이 시원하다. 신호가 바뀌면 즉시 길을 건너야 하는 것도 아니구나. 길을 건널 때마다 쏜살같이 가곤 했는데. 난전 할머니의 모습이 나의 바쁜 생활에 여유를 찾게 한다. '그래, 숨 가쁘게 다닐 이유가 없어, 좀 천천히 길을 건너도 오늘 할 일은 다 할 수 있어.'

길을 건너라고 파란 신호가 다시 손짓한다. 할머니는 또 다른 손님을 찾는 듯 행인의 발소리에 귀를 기울인다. 나도 그늘에서 나와 할머니를 뒤로하고 건널목을 건넌다.

그는 내 구두를 닦다 말고 전화를 받는다. 저녁에 집으로 올 것이 아니라 부근에 와 전화하란 말을 끝으로 긴 대화를 마친다. 다시 구두를 잡아당기며 열심히 약을 바르고 헝겊으로 문지른다. 옆 눈으로 나를 힐끔 쳐다보더니 "내 막냇동생입니다." 잠시 뜸을 들이더니 이야기를 시작한다.

막내는 나이가 오십이다. 남해 섬에서 산다. 고기잡이배를 한 채 가진 어부다. 그 섬에서는 잘 사는 편이다. 장가를 일곱 번 갔으나 지금 혼자 살고 있다. 꼭 아버지를 닮았단다.

오늘 찾아오는 목적은 그의 둘째 동생에게 소송해 놓았는데 도움이 필요해서다. 둘째는 서울 산다. 거기서 대학을 나왔고 은행에서 근무하다 퇴직했다. 돈을 버는 재주가 뛰어나

재산이 수십억 된다. 막내와 원수처럼 지낸다. 이야기가 밑도 끝도 없이 이어진다. 많은 의문점이 생겨 묻고 싶으나 그냥 "그래요. 예"하고 대답만 가끔 하며 귀 밖으로 흘려 듣는다. 내 눈치를 챘는지 좀 더 구체적으로 가정사를 털어놓는다.

아버지는 전직 경찰이다. 어머니와 사이에는 자기뿐이다. 아버지는 여러 번 장가를 갔지만, 재취로 들어온 여인들은 모두 오래 함께 하지 못하고 떠났다. 그중에서 둘째 와 막냇동생을 둔 새어머니가 가장 오래 살았다. 새어머니는 일수놀이를 해 돈을 많이 벌어 아들 뒷바라지를 했다. 그래서 지금 그의 아버지 밑에는 공식적으로 삼 형제란다.

새어머니가 어떻게 살아왔는지는 구체적으로 모른다. 이태 전에 죽었다. 그녀는 죽기 전 아픈 몸으로 그를 찾아왔다. 조용히 지내는 것이 아니라 어머니 역할을 하며 그의 아내가 하는 일에 일일이 간섭하며 잔소리를 하더란다. 석 달 정도 같이 살았다. 정이 없으니 함께 하는 생활에 재미가 있을 턱이 없다. 하루는 느닷없이 일면식도 없는 ○○에게 돈을 받아 오라며 차용 증서를 주더란다. 몇 차례 싫은 소리 해 가며 돈을 받아왔다. 그날 보따리를 싸 집을 나갔다. 받아온 돈을 그에게 모두 주면서 그동안 신세를 져 고맙다고 하더란다. 돈 액수가 상당히 많아 주저하는 사이 그녀는 택시에 올라 사라졌다.

죽은 줄도 몰랐단다. 어느 날 서울 있는 둘째 동생이 찾아와 돈 일천만 원을 주면서 새어머니가 돌아가셨다는 말과 함께 서류에 도장을 찍어라 해 찍었단다. 그 후 서로 소식도 없었다. 꿈같이 잊고 조용히 살고 있는데 막냇동생이 찾아와 둘째 형이 자기를 도와주지 않는다며 소송을 해 놓았으니 힘을 보태 달라고 한단다.

그는 어떻게 처신해야 할지 어렵다며 길게 한숨을 쉬더니. "나는 고아나 다름없이 자랐습니다. 보다시피 일찍이 소아마비를 앓아 다리도 제대로 쓰지 못해 온갖 고생 했습니다. 아버지가 나를 버려 보육원을 전전하며 살았습니다. 좋은 아내를 만나 이제는 남부럽지 않게 살고 있습니다. 나는 남에게 피해 주지 않고 조용하게 살고 싶습니다. 나는 아버지가 밉습니다. 왜 나를 낳는지 모릅니다." 하며 처음 본 내게 하소연이다.

얼굴이 평화롭고 고요하다. 조곤조곤 말하는 솜씨가 침착하다. 나이를 물으니 나와 동갑이다. 짧은 세월을 살아온 것이 아니다. 한 많은 세월 산전수전 겪으며 산 것 같지 않게 얼굴이 곱다. 사람이란 자신의 의지대로 살 수 있는 것이 아닌 모양이다. "그래요. 당신 소신대로 판단하고 떳떳하게 행동하십시오." 하는 대답을 남기고 닦은 구두를 받아 신고 자리에서 일어났다. 어렵게 살아오면서도 때 묻지 않는 그의 눈빛이 우수를 느끼게 했다.♡ 〈2013. 7.〉

목수의 그림

노인 목수 한 분이 있었습니다. 언젠가 그 노인이 내게 무얼 설명하면서 땅바닥에 집을 그렸습니다. 그 그림에서 내가 받은 충격은 잊을 수 없습니다. 집을 그리는 순서가 판이하였기 때문입니다. 지붕부터 그리는 우리들의 순서와는 거꾸로이었습니다. 먼저 주춧돌을 그린 다음에 기둥, 들보, 서까래, 지붕의 순서로 그렸습니다. 그가 집을 그리는 순서는 집을 짓는 순서였습니다.

일하는 사람의 그림이었습니다. 세상에 지붕부터 지을 수 있는 집은 없습니다. 그럼에도 불구하고 지붕부터 그려 온 나의 무심함이 부끄러웠습니다. 내 서가書架가 한꺼번에 무너지는 낭패감이었습니다. 나는 지금도 책을 읽다가 '건축'이라는 단어를 만나면 한동안 그 노인의 얼굴을 떠올립니다.

차치리且置履라는 사람이 어느 날 장에 신발을 사러 가기 위하여 발의 크기를 본으로 떴습니다. 종이 위에 발을 올려놓고 발의 윤곽을 그린 겁니다. 한자로 그것을 탁度이라고 합니다.

그러나 막상 그가 장에 갈 때는 깜박 잊고 탁을 집에 두고 갔습니다. 신발 가게 앞에 와서야 탁을 집에 두고 온 것을 깨달은 차치리는 탁을 가지러 집으로 되돌아갔습니다. 제법 먼 길을 되돌아가서 탁을 가지고 다시 장에 도착하였을 때는 이미 장이 파하고 난 뒤였습니다.

그 사연을 듣고는 사람들이 말했습니다.

"탁을 가지러 집에까지 갈 필요가 어디 있소? 당신의 발로 신어 보면 될 일이 아니오?"

차치리는 대답했습니다.

"아무려면 발이 탁만큼 정확하겠습니까?"

주춧돌부터 집을 그리던 노인이 직접 신어보고 신발을 사는 사람이라면, 나는 탁을 가지러 집으로 가는 사람이었습니다.

윗글은 신영복이 쓴 『나무야 나무야』에 나오는 「목수의 그림」 이야기로 가볍게 웃어넘길 수 있는 이야기다. 글쓴이는 스스로 자신이 차치리 같은 사람이라고 하고 있다. 나는 과연 어떤 사람일까. 목수 같은 사람? 아니면 차치리 같은 사람?

내 삶의 모습을 한 번쯤 관조해 보고 싶은 생각이 나서 인용해 본 글이다. 고정 관념에서 벗어날 필요성도 있겠다. 남자가 부엌일을 하면 안 된다는 생각. 여자가 장사하는 사람의 가게에 아침 첫 손님으로 가서는 안 된다는 생각 등

나는 왜 매사를 다른 사람이 하는 대로 해야 마음이 편할까. 인간이란 신이 만든 미완성의 산물이라 했는데 나도 그래서일까. 어떤 일이든 혼자 하기 겁난다. 생각을 바꾸면 세상이 바뀐다는 말이 있다. 집을 그릴 때 꼭 지붕부터 그릴 이유는 없다. 차치리 같이 신발을 사는데 신발의 탁을 가지고 크기를 맞추려고 할 필요도 없다. 탁보다 더 정확한 발을 가지고 다니지 않는가.

매사에 방법과 생각을 바꾸어 보는 것도 필요하다. 전부터 해 오던 대로 하면 편할 수는 있겠지만 발전이 없다. 생각과 행동을 고정 관념에서 벗어날 수 있는 용기를 가져야겠다. 남은 생이 행복해질 방법을 지금까지와 다른 시각에서 찾아야겠다.

새해가 시작된 지 벌써 한 달이 지나고 있다. 지난해에 망설이고 계산만 하다가 기회를 놓쳐버린 일을 챙겨 봐야겠다.♡

〈2007. 1.〉

길 위에서의 성찰

현직에 있을 때의 이야기다. 먼 길을 출퇴근하다 보니 많은 지인으로부터 걱정스러운 인사를 종종 듣는다. 아침마다 일찍 집을 나서야 하고, 오래 차를 타니 힘이 든다. 눈이 오는 겨울이나 장마가 온 여름에는 몹시 불편하고 짜증이 난다. 바쁜 사람의 차가 따라올 때는 긴장되고 겁도난다. 과속으로 다가와 바짝 붙였다가 옆으로 휙 추월할 땐 핸들 잡은 손이 떨린다.

나보다 빨리 달리는 차를 보면 '삶이 경쟁이고 시간이 돈인 세상' 에 부지런함이 부럽다. 치열하고 활기찬 삶에 박수를 보낸다. 가끔 나보다 느리게 가는 차를 만나기도 한다. 운전이 능숙하지 못한지, 안전운전을 하는지 천천히 가는 차에 답답함을 느낀다. 그때는 추월하면서 속도의 재미를 즐기며 운전 솜씨를 뽐낸다. 자기가 바람피우며 로맨스요 다른 사람이 피우면 불륜이란 말처럼 내가 추월당할 때는 상대 차의 운전자가 조심스럽지 못한 사람이 되고 추월할 때는 내 솜씨가 뛰어나다는 생각이다.

도로 위의 상황은 인생이다. 차의 종류가 다양하고, 운전자들의 운전 습관도 여러 가지다. 그 종류에 따라 순간순간 받아들이는 생각이 바뀐다. 내 것보다 좋은 승용차가 지나갈 때는 은근히 부럽기도 하고 질투가 난다. 내 차보다 못한 차가 갈 때는 야릇한 자만심을 생기고 목에 힘이 들어간다. 도로 위에서 순간순간 변하는 마음이 삶의 철학을 의심할 때도 있다.

육십 킬로 이상 되는 먼 길을 다닐 때도 있었다. 그때는 한 시간 이상 소비한 시간이 아까웠다. 한참을 지난 지금 생각하니 오며 가며 내 삶을 성찰하기도 했고 다른 사람의 삶을 살펴보기도 했다. 그 시간이 스님이나 목사가 경건하게 기도하는 것과 비견되기도 한다. 누구에게도 방해를 받거나 구속당하지 않는 나만의 시간이 되었다. 차창 너머로 펼쳐지는 계절의 변화를 느끼며, 철 따라 바뀌는 꽃과 나무들의 살아가는 모습에 삶을 대비해 보고 하늘을 날고 있는 철새 떼를 보면서 내가 지금 어디로 흘러가고 있는지 심각해지기도 했다.

봄에는 꽃 보는 재미에 취한다. 이른 봄 초목에 연초록 싹이 돋기 시작하면 키 작은 봄꽃은 앞을 다투며 핀다. 빨강 · 노랑 · 파랑의 갖가지 작은 꽃이 풀 속에 숨어 손짓한다. 내 눈에 먼저 띄기 위해 경쟁이라도 하듯이 미풍에 손을 흔든다. 그 뒤를 이어 노란 개나리, 하얀 벚꽃, 붉은 진달래가 환하게 웃으며 다가온다.

여름에는 신록과 함께한다. 산천의 어디를 봐도 싱그럽다. 나를 푸르게 한다. 출근 때 보이는 들판의 풀이 아침 기분을 더욱 상쾌하고, 퇴근 때 보이는 산의 수목이 하루의 고단함을 씻어준다. 누가 있어 이렇게 두 팔을 벌리고 환영할까? 신록의 아름다움에 빠져 더위도 피로도 잊고 행복에 젖는다.

가을 퇴근 때 해넘이의 모습은 장관이다. 서녘 하늘 산속으로 숨어버리는 햇덩이는 붉디붉은 피 울음을 운다. 해는 보이지 않고 먹먹한 어둠이 나를 가릴 때까지 홍건히 타는 저녁놀에 가슴이 아프다. 만산홍엽의 아름다움이 어둠 속에 숨으면 복잡하고 번잡한 하루가 평화롭다.

겨울 출근은 해돋이와 같이한다. 동쪽 하늘이 붉게 물들고 산등성이의 윤곽이 또렷해진다. 여명의 새벽이 적막을 깨운다. 하늘이 불타오른다. 경건한 시간이다. 마음이 긴장되고 무언가 모를 감흥 속에 빠진다. 해돋이와 함께 시작하는 하루에 행복을 느낀다.

지인 보기엔 힘들고 불편할 것 같은 출퇴근길이 내겐 사색과 성찰의 시간이다. 차 속에서 다른 운전자의 삶을 멋대로 상상하며 혼자 웃기도 하고 회한에도 잠긴다. 수도자의 기도 시간처럼 경건하고 엄숙하다. 남의 불행이 나의 행복이 될 수 있고 남이 버린 물건이 내겐 긴요한 것이 될 수 있듯 가까운 거리를 출퇴근하는 사람이 갖지 못한 것을 난 갖고 있다. 자랑스럽거나 가치 있는 것이라 할 수 없을지라도 나만의 보석으로 자리하고 있다.

먼 거리 출퇴근에 대한 지인의 위로가 고맙다. 하지만 불행할 정도로 괴롭거나 힘든 것만 아니라고 지인을 쳐다보며 조용히 웃는다.♡

〈2013. 9.〉

고향 가는 길

고향 가는 길은 설렌다. 시골에 있는 친구가 사위를 본다. 초등학교 동창생 몇 이 함께 간다. 어린 시절 너나없이 가난해 가지고 싶어도 갖지 못하고, 먹고 싶은 것도 참아야 했다. 가난에서 벗어나고자 도시에 나와 둥지를 틀고 나름의 지위를 유지하며 사는 친구들이 자랑스럽다.

추억은 언제나 아름답게 마음에 남는다. 차창 밖으로 펼쳐지는 농촌풍경이 감회를 자아낸다. 어릴 적 이맘때쯤 시들어 가는 풀밭에 팔베개하고 파랗게 갠 하늘을 보며 꿈을 키웠고, 풀벌레 소리 들으며 희망을 노래했다. 벼 베기가 끝난 논두렁을 걸을 때는 살찐 메뚜기가 포르르 날아와 얼굴에 부딪히고, 이따금 개구리가 발에 차였다.

절정을 이룬 산과 들의 단풍이 우리를 반긴다. 가로수 은행

나무가 노란 세상을 연출한다. 샛노란 잎이 늦가을 햇빛에 반짝인다. 노랑나비 떼가 날아가듯 바람에 우수수 떨어진다. 황홀하다. 곱게 물든 가로수에 아직 초록 잎을 달고 있는 나무가 보인다. "은행잎이 모두 떨어진 후 이곳을 지나가는 길손에게 노란 웃음을 보여주려고 게으름을 피운다."는 친구의 마음이 곱다. 옆 친구가 웃으며 자기가 돈을 적게 번 것은 다른 사람에게 돈 벌 기회를 주기 위해서란다. 즉흥적 농담이나 마음이 여유롭다. 오가는 정담 속에 몸과 마음이 다사롭다.

고속도로처럼 닦은 왕복 사 차선 도로를 승용차가 잘도 달린다. 사십여 년 전 고등학교 다닐 때는 비포장도로였다. 차 한 대가 지나갈 정도의 좁은 길에 자갈과 모래가 깔렸다. 버스가 지날 때마다 하얀 먼지가 온 길을 덮었다. 그 속을 걷는 사람에게 버스에 탄 내가 미안했다. 길 양편에 길게 늘어선 키다리 미루나무도 먼지를 털어내느라 불어오는 바람에 가지를 마구 흔든다.

고향에 다녀오는 날은 버스 안이 사람 반 짐 반이다. 크고 작은 보따리가 버스 통로와 선반을 가득 메우고, 의자 옆과 밑까지 차지한다. 어쩌다 김치나 고추장을 담은 단지가 깨지는 날은 양념 냄새가 차 안 가득하다. 미안한 마음에 차창 너머 하늘만 바라봤다. 그래도 버스 안 사람들은 안타까워했지 불평하지는 않았다.

억새가 바람에 흰머리를 흔든다. 서걱거리는 소리가 들리는 듯하다. 옛 친구와 함께하는 시간이 즐겁다. 초등학교 다닐 땐 먼 길을 걸어 다녔다. 비가 오면 땅이 질어 자꾸만 벗겨지는 고무신을 아예 벗어들고 맨발로 걷기도 했다. 빗물이 괸 구덩이의 흙탕물을 튀기며 장난도 치고, 울퉁불퉁한 길을 흔들거리며 가는 소달구지에 몰래 매달리기도 했다.

미루나무 대신 심어진 은행나무가 볼수록 아름답다. 온통 노란빛의 잔치가 요란하다. 다른 낙엽수보다 싱싱하고 도톰한 이파리가 운치 있는 풍경을 연출한다. 하롱하롱 떨어지는 잎이 낭만적이다. 가을의 고즈넉한 정취를 느낀다.

초등학교 때 교문 옆에 자리한 은행나무 노란 잎을 먼저 줍겠다고 아침도 먹지 않고 학교에 갔던 기억이 새롭다. 이슬 머금은 샛노란 잎을 책갈피에 끼워 두면 물기가 마르면서 더욱 선명해진다. 책 속에는 은행잎과 함께 어린 날의 꿈도 고이 간직했다. 내가 지나가는 말로 "은행잎도 차를 타고 가면서 봐야 예쁘지 주워보면 상처투성이다." 하니 친구가 맞장구친다. 아무리 예쁜 여자라도 적당한 거리를 두고 볼 때 예쁘고, 훌륭한 사람도 잘 모를 때가 훨씬 더 인격적으로 돋보인단다.

평화롭고 행복한 시간이 흐르고 있다. 가물가물한 추억을 어루만지며 고향에 간다. 맨발로 다니던 흙길이 좋았고, 초등학교 교문 옆 은행나무의 노란 잎이 깨끗하고 고왔단다. 사람이나 물건도 적당한 거리가 필요하다는 데 공감했다.♡

〈2008. 10.〉

풋감

덥고 짜증이 난다. 장마가 끝나자마자 더위가 기승을 부린다. 어디 시원한 곳이 없을까. 바다도, 산도 있다. 부지런한 사람들의 이야기다. 나처럼 게으르면 움직인다는 자체가 귀찮다. 어슬렁어슬렁 동네 공원을 찾는다. 나무 그늘에서 더위를 식혀볼 생각이다. 긴 나무의자에 앉아 바람이라도 찾아오기를 기다린다. 부채를 힘껏 부쳐 보지만 노력보다 효과가 별로다.

'툭', 소리 나는 쪽을 쳐다보니 제법 큰 감나무 한 그루가 팔월 중순의 따가운 햇볕을 받으며 졸고 있다. 나무 아래 풋감이 많이 떨어졌다. 거름이 적어 달고 있는 감을 모두 건사할 힘이 부치나 보다. 떨어진 지 며칠이 지나 색깔마저 누렇게 변해버린 것도 있고, 떨어질 때의 중력에 땅에 닿는 순간

박살이 나서 감의 모양을 잃어버린 것도 있다. 행인에게 밟혀 모양이 흉해져 저것도 감이었을까 의문을 갖게도 한다.

겹질에 상처 하나 없이 온전한 모양을 갖춘 것도 있다. 떨어진 시간의 길이에 따라 색깔이 바랜 것과 초록을 그대로 지닌 차이뿐이다. 누구의 도움으로 어떻게 떨어진 것일까? 나무 위를 쳐다본다. 아직 많은 감을 달고 있다. 앞으로도 더 많은 감이 자의든 타의든 떨어질 것이다.

나는 중고등학교에서 학생을 가르쳐 왔다. 대학을 졸업하면서 가진 직업을 정년퇴직까지 갖고 있었다. 첫 출발이 나라의 동량을 내 힘으로 키워 보겠다는 사명감에서 시작한 것이 아니다. 전공이 다른 직장을 갖는 것보다 교사란 직업을 갖는데 더 쉽게 접근할 수 있었다. 젊은 시절에는 몇 차례 직업을 바꿔 볼 생각도 했다. 타고난 성품이 변화를 싫어해 한 해 두 해 지나다 보니 평생 직업이 되었다.

점점 경력을 쌓아가면서 나름대로 열심히 학생들을 가르쳤다. 교사로서 어려움은 학생들에게 글이나 지식을 가르치는 것이 아니라 지혜를 깨닫게 하는 것이다. 어쩌다 잘못 가르친 지식은 다음에 바르게 가르칠 수 있으나, 바른 지혜를 갖도록 지도하지 못하면 고쳐주기 어렵다.

인간만큼 가르치기 어렵고 힘든 것도 없다. 앞으로 살아갈 길은 아무도 모른다. 누구도 가보지 못한 곳이다. 지혜가 뛰어난 성현이나 선각자일지라도 과거의 삶에 유추할 따름이지 미래는 정확하게 예언할 수 없다. 흔히 럭비공은 어디로 튈지 모른다고 한다. 우리 인생 또한 어떻게 될지 아무도 모른다. 학생들은 럭비공과 같은 존재다. 어디로 튀어갈지 모른다. 한 사람 한 사람 모두 다르다. 생김새만큼이나 성격이 다르고 취미가 다르고 꿈이 다르다.

지금 생각하니 참 많은 시행착오를 했다. 내가 인생을 조금 더 살았고 전공한 지식을 많이 갖고 있다고 학생들에게 무조건 따라오라고만 한 것 같다. 그들 중에는 내가 이끈 대로 잘 따라오는 학생도 있었고, 그렇게 가지 말라고 우려하는 곳으로 용감하게 가는 학생도 있었다. 지금 와 그들의 삶을 보니 정답이 없다. 말을 잘 듣던 학생이 모두 잘 된 것도 아니고 말을 듣지 않은 학생이 잘못된 것도 아니다. 삶의 선택에서 행복과 불행을 느끼는 차이는 사람마다 다름을 나는 일찍 알지 못했다.

감나무를 쳐다본다. 많은 풋감이 달려있다. 과육 속에 튼튼한 씨앗을 감추고 가지와 잎 사이에서 햇볕을 받으며 익어가고 있다. 저 감 중에도 제대로 익지 못해 이미 떨어진 풋감의 뒤를 따를 것도 있겠지. 기억 속에 가물가물 잊혀가는 많은 제자가 생각난다. 익지도 못하고 떨어진 풋감이 된 제자도 있고 아직 나무에 달린 제자도 보인다. 사람이나 풋감이나 삶에는 별반 큰 차이가 없음을 느낀다. 이곳도 덥다.

젊은 엄마가 유치원생쯤 된 아이 손을 잡고 감나무 옆을 지난다. 아이가 갑자기 걸음을 멈추며 떨어진 풋감을 주우려 한다. 젊은 엄마는 재빨리 아이의 손에 온전한 감만 쥐여 준다. 상처 입은 것은 쳐다보지도 않는다. 아이 손에 놓인 초록 색깔의 풋감이 괜찮아 보인다. 엄마의 표정이 진지하다. 아이의 얼굴에 웃음꽃이 활짝 핀다.

내가 풋감이라면 저 떨어진 많은 것 가운데 어느 감과 비슷한 삶을 살았을까. 가물가물하게 생각날 듯 말 듯한 어릴 때의 꿈을 떠올려본다. 뚜렷하게 무엇이 되고 어떻게 살겠다고 마음 굳게 먹고 살아온 것 같지 않다. 그럭저럭 지내다가 직장에서 정년퇴직했으니 나무에 달린 감은 못 되겠고 바닥에 떨어진 풋감 가운데 하나쯤 될 것 같다. 그래도 돌이나 보도블록에 떨어져 박살이 나거나, 떨어질 땐 요행히 온전했으나 지나가는 이에게 밟혀 몰골 흉하게 되지 않고 젊은 엄마에게 선택된 감쯤이었으면 한다.

나는 안다. 하루만 지나면 어린아이 손에 들린 감도 다갈색으로 변해 호감을 잃게 되리란 것을. 그래도 떨어진 감 중에 온전하게 모양을 갖춘 감이 되어 젊은 엄마의 선택을 받고 싶은 것은 아직 마음에 욕심이 남아 있다는 것을. 물에 빠진 사람은 지푸라기라도 잡고 싶다. 더위도 곧 한풀 꺾일 때가 되었다. 인생 종반에 와 있으나 남은 삶에 작은 희망이라도 품고 싶다. 떨어진 풋감일지라도 온전한 모양으로 남고 싶다.♡

〈2013. 9.〉

작은 흔적, 나를 위한 글쓰기

수필이란 대상이나 세계를 객관적으로 묘사하고 설명하는 교술 장르의 글이다. 바라보는 대상과 세계를 언제·어디에서, 어떻게·왜라는 것에서 벗어날 수 없다. 글의 수준은 늘 작가의 수준과 비례한다. 다소 눈높이를 어디에 두느냐에 따라 쉽게 쓸 수도 있고 어렵게 쓸 수는 있다. 글의 내용과 표현의 수준이 글의 수준이 아니란 생각이다. 다소 어눌한 글이 독자에게 큰 울림을 줄 때도 잦기 때문이다.

작은 이야기 속에 진실을 담고 있는 글을 쓰고 싶다. 작품 속의 이야기를 읽고 '내 생각과 같다.'고 하는 사람을 많이 만나고 싶다. 고급 독자가 아니라도 좋다. 소박하게 옆에서 이야기하듯 같이 웃고, 고개 끄덕이며 손잡아 줄 수 있는 글을 쓰고 싶다. 그리고 내 글이 그들의 미래의 삶에 긍정적인 방향으로 도움이 되었으면 한다.

나는 글을 쓸 때마다 두렵다. 글을 쓴다는 것은 누군가 읽게 되리란 기대를 하게 된다. 내 삶과 아무런 관련이 없는 독자가 읽고 시간 낭비라 생각하게 했다면 그것은 기만이다. 나는 독자의 소중한 시간을 빼앗을 권리가 없다. 행여 '이런 글을 왜 썼느냐?' 라고 하는 독자가 있다면 그것은 내 능력의 부족에서 온 것이지 독자를 속일 생각이 추호도 없었다.

앞으로 얼마간 수필이란 이름의 글을 쓰게 될 것이다. 글을 쓰는 내 나름의 이유가 있다. 지금까지 경험으로 볼 때 마음이 맑아지고, 생각이 깨끗해지고, 행동을 바르게 하는 데 도움이 되었다. 위에서 독자에 관한 이야기를 조금 언급했으나 나는 나 자신을 위해 글을 쓴다는 말이 정답이다.

나를 위해 글을 쓴다고 독자를 무시한다는 것은 아니다. 정서법에 맞게 쓰고, 표현에 오해가 없게 쓰겠다. 한 줄의 문장을 정성 들여 쓰는 마음은 한 편의 글을 정성 들여 쓰는 마음이다. 읽은 사람을 배려하는 마음을 가질 것이다. 아무리 귀찮더라도 다른 사람의 충고를 달게 받아 고치는 일에 게으름 부리지 않겠다.

여행하다가, 길을 가다가, 책을 읽다가 문득문득 떠오르는 생각을, 혹은 생활 속에서 일어나는 일을 글로 남길 것이다. 독자들의 평에 둔해질 생각이다. 나는 내 이야기와 생각과 느낌을 솔직하게 쓸 것이다. 시간이 지난 후 그때 그곳에서 어떤 생각을 했는지 어떻게 살았는지 작은 흔적이라도 만나고 싶다.♡

〈2013. 10.〉

행복을 찾아 나선
전상준 수필가의 삶과 문학

김 원 중 (한국문인협회 고문 · 포스텍 명예 교수)

대구문인협회 총무이사로 일하고 있는 전상준 수필가의 두 번째 수필집《행복한 삶 즐거운 삶》출간을 환영하며 먼저 축하의 박수를 보낸다.

20여 년 전 부산이 낳은 한국의 선구적인 수필가 김소운 선생의 문학비 건립에 내가 참여하면서 '대구에는 이런 훌륭한 수필가가 왜 없을까?' 하고 의문에 잠긴 적이 있었다. 김소운 수필가는 우리나라 수필문학의 선구자이며 이웃 일본에서 더 명성을 떨쳤던 명수필을 많이 남긴 분이다. 나는 그분의 수필집 《馬耳東風帖》 등을 문학청년 시절 즐겨 애독하였으며 〈가난한 날의 행복〉 같은 수필은 아직도 내 가슴속에 깊이 남아 있다.

전상준 수필가의 두 번째 수필집《행복한 삶 즐거운 삶》을 읽으면서 김소운 수필가의 명수필들이 문뜩 떠오르는 것은 내가 전상준 수필가에게 거는 기대가 매우 크다는 것이기도 하다. 그렇다. 대구는 시인이 많기로 유명한 고장이지만 그에 못지않게 수필가도 엄청나게 많은 고장이다. 그러기에 상화와 고월 같은 시인이나 현진건 같은 소설가가 수필분야에도 진작 나와야 하는 것이다. 나는 현재 5년째 한비문예창작대학에서 시를 강의하고 있지만 수강생 중에는 수필을 공부하겠다는 문학 지망생이 더 많다. 수필 인구가 많다는 것은 그만큼 수필문학의 미래가 밝다는 것이기도 해서 긍정적으로 받아들이고 있다.

전상준 수필가는 그의 교육계 선배이고 문단 선배인 제행명 수필가의 소개로 알게 되어 내가 주간으로 있었던『문예한국』을 통해 문단에 데뷔하였다. 그리고 몇 해 전 처녀 수필집 《행복한 삶 아름다운 삶》을 출간하여 수필문단에 화제를 남긴 주목받는 수필가이기도하다. 만나면 항상 다정스럽고 행복의 바이러스를 주변에 뿌리고 다니는 행복한 사람이다. 그는 나의 대학 국문과 동문 후배이기도 하지만 10여 년 전 내가 뇌졸중으로 쓰러진 후에도 꾸준히 벗이 되어준 몇 분 안 되는 문학의 동반자이기도 하다. 그런 뜻에서 그의 두 번째 수필집 《행복한 삶 즐거운 삶》의 출간을 기리는 시를 한 수 남긴다.

행복한 사람 전상준

세상에 이런 고마운 사람 어디 있나?
그의 주머니에는 항상 행복이 가득 차있다.
행복 바이러스를 주변에 뿌려주고
나누어 줘도 언제나 그의 손끝에서는
행복의 글이 쏟아진다.

몇 해 전《행복한 삶 아름다운 삶》을
세상에 탄생시켰는데도
이번에 또 행복한 옥동자를 낳았다.

언젠가 뇌졸중 환자인 나를
자동차에 싣고서는
설악산에도 가고 치악산과 팔공산에도
데리고 가서
건강해지는 기(氣)를 잔뜩 넣어준

세상에 이런 고마운 사람 어디 있나?
며칠 전에도 제행명 선생과 셋이서
팔공온천탕에 가
목욕하며 정을 나눴다.

그때 살짝 본 수필집 원고가
《행복한 삶 즐거운 삶》이다.
나는 덩달아 행복에 겨워
행복의 박수를 시와 함께
그대에게 날려 보내노니 …….

2014년 2월 좋은 날에
어리석은 사람 우암(愚巖) 김 원 중 씀